近世日本文学史

概説と年表

吉田弥生

開成出版

江戸時代の京都

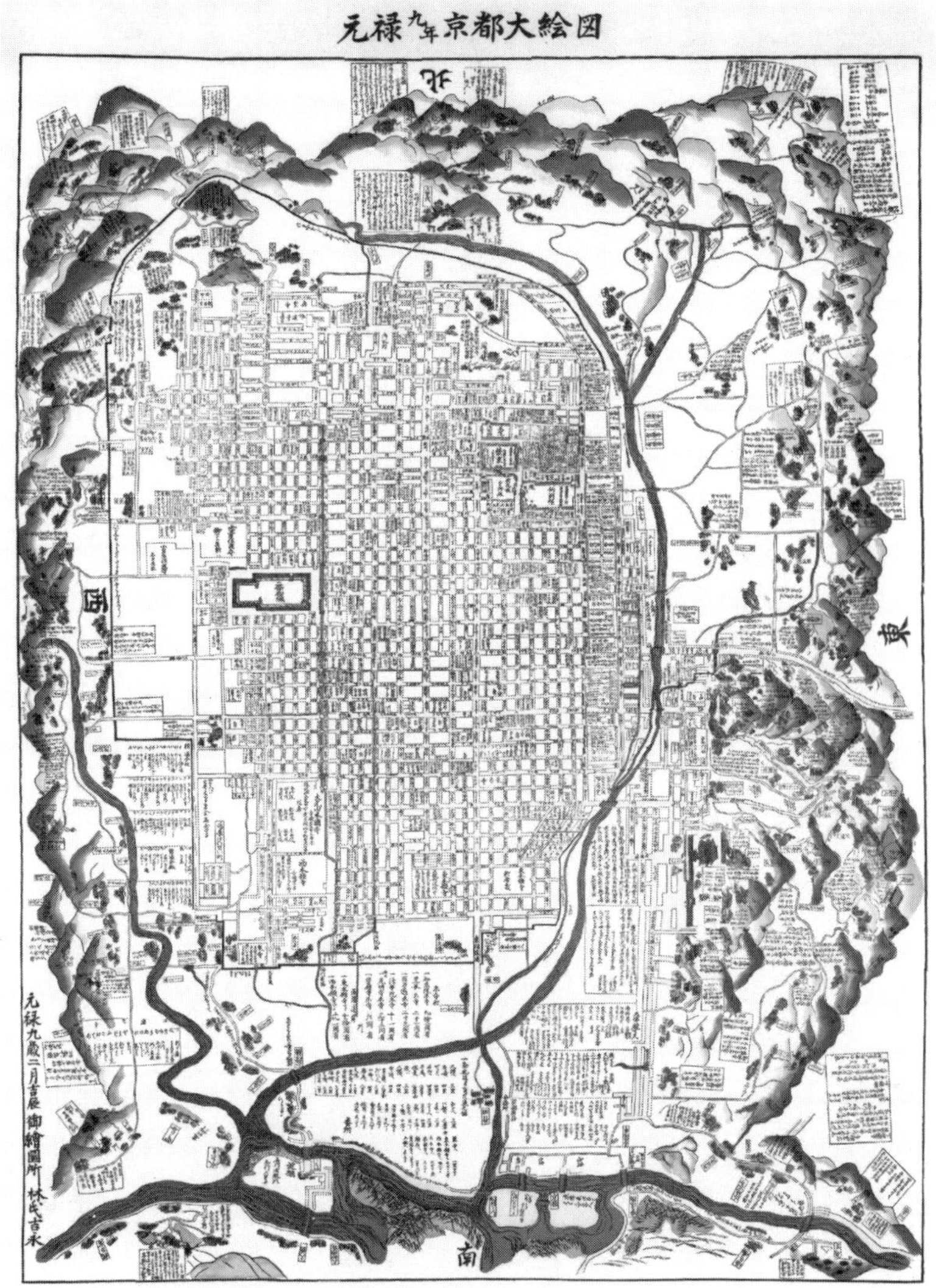

（元禄九年京都大絵図／元禄９（1696）　国際日本文化研究センター所蔵）

江戸時代の大坂

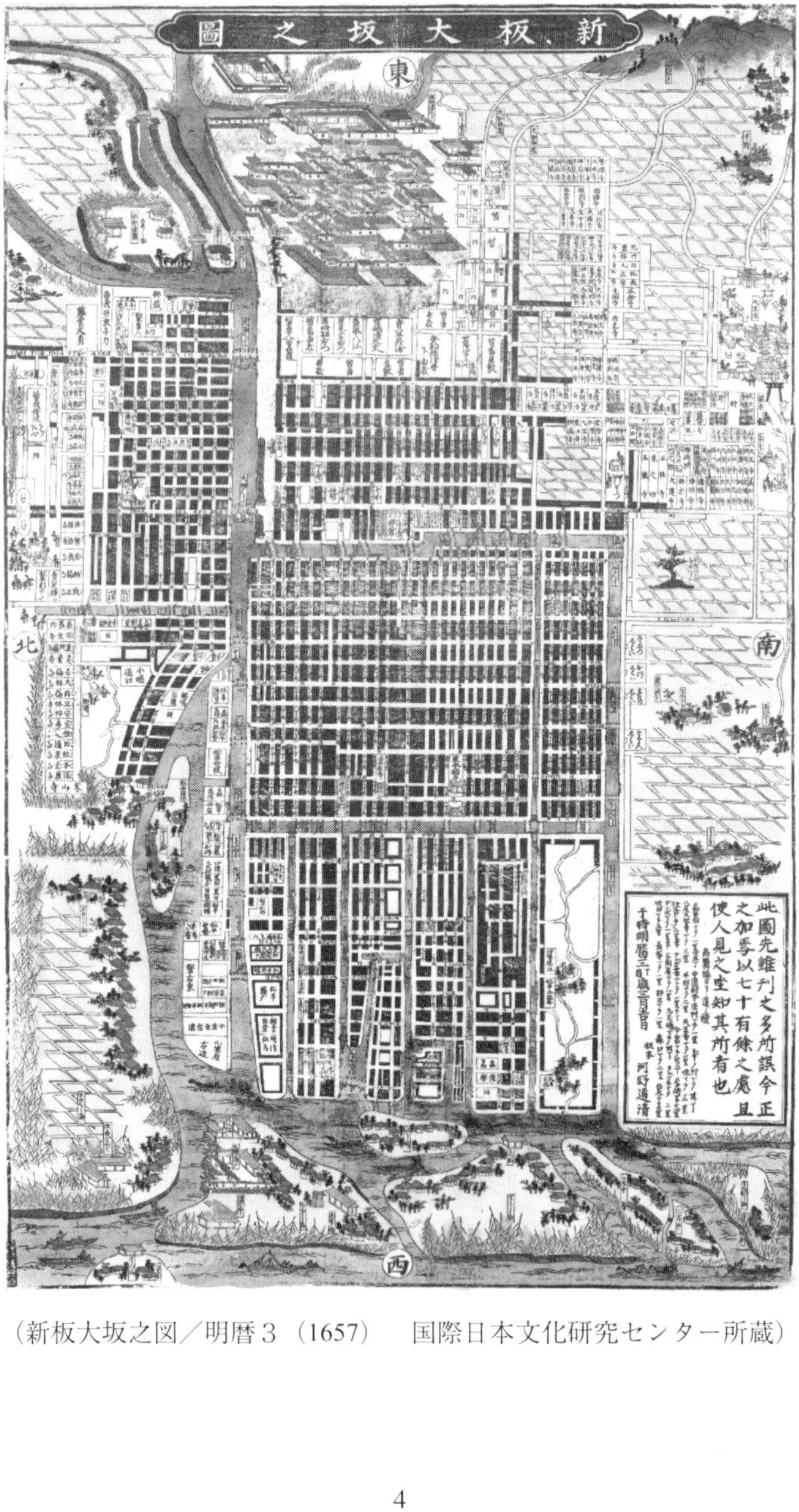

（新板大坂之図／明暦３（1657）　国際日本文化研究センター所蔵）

江戸時代の江戸

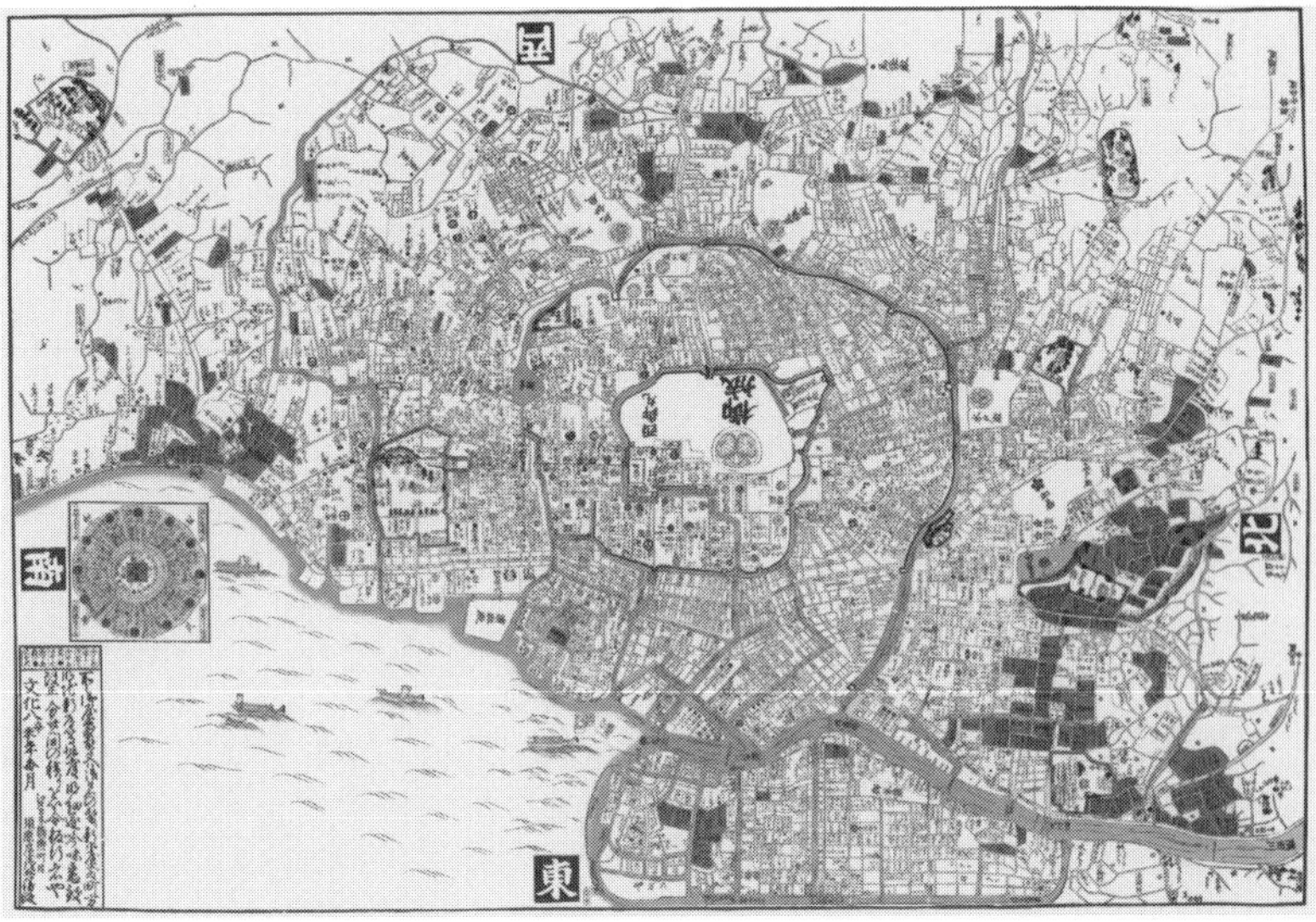

（文化江戸図／文化８（1811）　国際日本文化研究センター所蔵）

はじめに

本書は近世文学史を簡潔に纏めたものである。章の構成は近世文学のジャンルを柱にしており、それぞれの中に必要最小限の立項をした。また、慶長八年から慶応三年までの文学史略年表を付した。

高等学校までの古典学習のうち、最も詳細を学ばないのが近世の文学である。江戸には「二大悪所」があった。二大悪所とは遊里と芝居をさすが、近世文学は狂歌にしても小説にしても、なんらかこの二つが関わり、その正体を解く必要があるため、多くの作品を詳解できないという事情がある。また、前時代までの文学のパロディもあるため、はじめから双方を学んでしまうと混乱のおそれもある。

では、近世文学は複雑なうえに猥雑で学ぶ価値がないかといえば大いに間違いである。思想の豊かさ、機知と滑稽の輝き、韻文も散文も演劇も、世界と人間を素晴らしく追究、描写し、面白く表現している。ひとつひとつの作品を読み親しむことを勧めたいが、やはり近世文学の史的全貌をも知っておいたほうが、ずっと深く理解できるのである。

本書は図版を省き、記述も骨組みにとどめている。授業を聴き、さらに原文に親しみ、参考文献を読むなど自主的な学習を補うことで、ぜひ知識を充実させてほしい。

二〇一六年三月

目　次

第一講　近世文学の時間・空間

1　近世文学の時間

一般的な日本文学史の時期区分はおおよそ左のようになる。

上代（大和・奈良）
中古（平安）
中世（鎌倉・室町）
近世（江戸）
近代（明治以降、およそ昭和四〇年代）
現代（およそ昭和五〇年代以降）

このようにみると、近世文学史の時間はいわゆる古典文学史の最後となる。つまり近世文学とは上代文学や中古文学の影響を受け、中世文学の流れをも汲むと考えるのが自然である。

なお、近世文学史の時期区分は、「近世（江戸）」といえども政治史でいうところの江戸時代―徳川家康が征夷大将軍に任ぜられ江戸に幕府を開いた慶長八年（一六〇三）から十五代将軍徳川慶喜が大政奉還した慶応三年（一八六七）までの二六五年とイコールとも言い難い。そもそも政治史としての江戸は、その始まりの区分さえ諸説ある。

そして、江戸時代の政治的特色と文学が無関係なはずはない。江戸時代には、中央の統一政権としての江戸幕府と、各地方に独立の領地を持つ藩が置かれてそれぞれを統治するという幕藩体制が確立し、士・農・工・商という厳格な身分制度が敷かれた。そうした都市と地方、身分制度のもとにおかれた人々の生活状況、心理状況が少なからず近世文学の形成、流通、創造者と享受者などと関わったであろう。また、対外的には鎖国政策がとられ、わずかに中国・朝鮮・オランダとの交易だけが可能であったことも、近世文学の内容やジャンルの創成と関係している。

では、近世文学の時間的なピリオドはどこまでかといえば、江戸末期合巻の続刊行が明治に入っても続いたのがよい例であるが、戯作の色合いは近代小説にも残された。おおよそ言文一致運動の明治二〇年頃まで近世文学の時間は続いたのである。

2　近世文学の空間

江戸文学を概観すると、その流れは大きく二分できる。江戸時代の前半は、なんでも新しい文化は上方で花開き、その流行が江戸へ「下る」。文学も例外ではなかった。やがて政治都市・江戸が熟成するにつれ、江戸時代の後期では文運は東へ。形勢が転換した。

ちなみに近世の大都市は京・大坂・江戸である。三都は三ヶ（の）津ともいった。三都の特色は異なり、京は伝統的な学芸の地、大坂は商業の地、江戸は政治の地。やがて後期になると江戸がすべてにおいて巨大都市化した。文運の東漸も必定となり、近世文学の空間は、前期は上方（京・大坂）、後期は江戸が優勢、中心という時期区分と空間的位相が深く関係した。次に前・後期それぞれの特色を整理する。

◎前期＝一七世紀〜一八世紀半ば
（宝暦・明和・安永・天明期頃が中心時期）

上方。商業の発達を背景に、台頭してきた富裕な町人層がその中心と。学識のある素人による文人風の文学。

◎後期＝一八世紀半ば〜一九世紀半ば
（文化・文政・天保期頃が中心時期）

江戸。経済的破綻を背景に、文化は大衆化、作品も遊戯性を強めた。職業的戯作者が活躍した。

3　憂世と浮世—中世文学との違いから

近世文学にはどのような特色があるだろうか、時代背景が文学に大きく影響することは必然である。近世の前代、中世の時代背景そして文学の特色と比較することでさらにその特色が見えてくる。

中世は「憂世」の時代である。

長く続く戦乱の世の中で人々は神仏に救いを求め、『保元物語』『平治物語』『平家物語』『太平記』などの軍記物語や隠者文学と評される『方丈記』『徒然草』などの随筆が書かれた

近世（江戸）文学は「浮世」の時代である。

徳川幕府が築いた平穏な世の中で人々は現世における富や繁栄に喜びを求めた。御伽衆や儒者、医師や僧侶によって書かれた仮名草子にみられた啓蒙や、歌舞伎において武士社会を劇化する際の前時代に置き換えるきまりなどにもいえることだが、一方で個人を超えた力（家、社会、政治、道徳、法律）の支配が作品を特色づけたことも忘れてはならない。

4　印刷技術の発達と流通・大衆化

写本が中心の中世までと大きく異なるのは、印刷技術の革新である。

印刷技術の発達はやはり近世という時代を特色づけた商業主義とまもなく結びつく。西洋由来（キリシタン版）と朝鮮由来（文禄勅版）の活字技術の影響から『伊勢物語』古活字本が生まれる等商業出版が盛んとなった。

キリシタン版は天正一八年（一五九〇）に宣教師が印刷機を持込み、慶長一六年（一六一一）まで長崎などでローマ字の本を刊行した。

朝鮮由来の活字技術は秀吉の朝鮮侵攻で銅活字が持ち込まれ、後陽成天皇に献上されて印刷が行われたもの（文禄勅版）である。

さらに一枚の版木に文字を彫る整版印刷本の時代へ発展した。

版本の普及は文学の裾野を広げ、読者を視野に入れた出版が開始した。読者層の広まりは大衆化を意味し、文学の質に変化をもたらした。

流通の発達も近世の文学の大いなる発展に貢献した。

五街道の開拓・整備など交通網が出来たことで出版物においても流通が可能となり、出版文化の裾野は日本全土へ広まったのである。

5　多種多様なジャンルの成立と共存

和歌・随筆などの伝統文学を残しながら、新しいジャンルを築いたことも近世文学の大いなる特色といえる。

これは芸能史や食の文化などにも通じることだが、古くからあるものをそのまま残しながら新しいものを採り入れるという日本文化の特質のあらわれである。併存・多層という日本文化の特質が近世文学には色濃く反映されている。

近世文学にとっての〝新ジャンル〟とは、次にあげるものである。

俳諧・狂歌・小説・戯曲・舌耕文芸

俳諧・狂歌は韻文であるが、内容的には雅俗折衷、そのほとんどは私的な俗文である。俗文学の最たるものが小説である。教訓性はあらわれるものの、それは建前の意図が含まれ、その主たるところは娯楽であった。戯曲や舌耕文芸はいうまでもない。

小説では、さらに細かいジャンルが成立した。

仮名草子・浮世草子・読本（前期・後期）・洒落本・人情本

滑稽本・草双紙（赤本・青本・黒本・黄表紙・合巻）

多様なジャンルが小説に生まれたことは、町人階級や婦女子の読者層が増えたこと、教訓性から娯楽性を強めたこと、改革統制への対応（姿かたち（判型など）を変える工夫をしても読者に応える本が出版され続けた）等の理由が関わる。

裃をつけた武士から、長屋に住む庶民まで読者層の広さ。和歌や漢文学を学び、雅文学を支持する人々と、卑近美を見出し、下層風俗を映した俗文学に親しむ人々が共存する世界が近世文学の世界である。

第二講　儒学と国学

―近世文芸の背景にある思想と学問、伝統文芸

1　近世思想の特色

近世の学問は単に知識の習得ではなく、行動規範や道徳、精神修養を目指した実践的なものだった。近世の思想を学ぶことは儒書や古典に理想的な人間の在り方を見出し、それを学ぼうとする態度までもが重要と考えられた。

さてその主（むね）としてよるべきすぢは、何れぞといへば、道の学問なり
（本居宣長『うひ山ぶみ』）

2　近世儒学の出発

漢文学の担い手は中世では五山禅林の僧侶たちだったが、近世では儒学者たちとなった。

■藤原惺窩（ふじわら・せいか）（一五六一―一六一九）
五山禅林に学んだのち、儒学者へ転じた。近世思想の出発点を規定した人物。
林羅山の師。

3　林羅山の学問

■林羅山（はやし・らざん）（一五八三―一六五七）
　惺窩の弟子。徳川家康・秀忠・家光・家綱に仕えた儒者。
・『羅山林先生詩文集』（寛文二年（一六六二）刊）
・『本朝神社考』（刊年未詳）

羅山の学問は、文献の実証的検証を基盤とし、総合的・実証的・啓蒙的なもの。惺窩の弟子だが思想史上、その存在感は大きい。

4　林家と朱子学

羅山の子孫とその門流・林家は羅山の学問を継承して「昌平坂学問所」を率いた。昌平坂学問所は、元禄三年（一六九〇）に儒学の振興をはかる目的で五代将軍徳川綱吉が上野忍ケ岡にあった羅山の邸内に設けられた孔子廟を湯島へ移して創設した聖堂を寛政九年（一七九七）に幕府直轄として開設した学問所である。

　幕府が学問を振興したのは、戦国時代へ戻らぬよう、様々な方法で国を整備する策のひとつであった。武士が学ぶべきは信仰や武力よりも道徳や礼儀として、朱子学（古典を読み、注釈する学問）を保護した。

5　木門　～林家への対抗一門

■木下順庵（きのした・じゅんあん）（一六二一―一六九八）

惺窩の弟子・松永尺五に学ぶ。実証的で権威的な林家の学問に対抗して詩文に力をそそいだ。順庵とその一門は「木門」と呼ばれた。

◎木門の有名詩人

■新井白石（あらい・はくせき）（一六五七―一七二五）

綱吉から引き継いだ文治政治を推進しようとした六代将軍・徳川家宣の儒臣。正徳元年（一七一一）朝鮮通信使との応接を管掌した。

■室鳩巣（むろ・きゅうそう）（一六五八―一七三四）

赤穂浪士事件のとき『義人録』を著して浪士たちを顕彰したことでも知られる。

・随筆『駿台雑話』（享保一七年（一七三二））

6　古文辞学と荻生学派

■荻生徂徠（おぎゅう・そらい）（一六六六―一七二八）

朱子学の道徳性を批判した伊藤仁斎（いとうじんさい）（一六二七―一七〇五）の「古義学」を発展継承した。

此の方自ら此の方の言語有り、中華自ら中華の言語有り、体質本殊なり。（中略）是を以て和訓廻環の読みは、通ず可きが若しといえども、実は牽強たり。

『訳文筌蹄』（正徳五年（一七一五）刊）

〝すぐれた漢詩文をよく消化し、古典の言葉を自分なりによむことが聖人の道に結びつく〟というのが荻生学派の考え方であった。解釈でなく直接読むことで多様な人間心理を理解する「古文辞学」を提唱したのである。

7　国学の成立

日本の古典を文献学的に研究し、日本固有の思想や文化を見極める学び、それが国学であった。その態度は、古典が成立した時点の姿に可能なかぎり近づいて享受しようとするものである。

■契沖（けいちゅう）（一六四〇―一七〇一）

「国学の祖」といわれる。尼崎藩士の子として生まれ、一一歳で大阪今里の「妙法寺」に入り、高野山で仏教を学び、二三歳で大坂生玉の「曼陀羅院」の住職となる。

三〇歳頃に和泉の国に移住して和漢書の研究に精励した。四〇歳で再び妙法寺住職に戻った頃に知遇を得た徳川光圀の依頼により、執筆途中で亡くなった下河辺長流の後を引き継ぎ『万葉代匠記』を成す。

『万葉集』を中心に人間心理の読みと国語学的研究を合わせた緻密な考証を遺した。

・注釈書『万葉代匠記』（「精選本」元禄三年（一六八六））

8 契沖学の継承 ～真淵・宣長

■賀茂真淵（かもの・まぶち）（一六九七―一七九六）

浜松の神職の家に生まれ、京伏見稲荷の神職・荷田春満（かだのあずまろ）に学ぶ。徳川吉宗の子・田安宗武に仕えた。

契沖に私淑して『万葉集』研究に着手、「ますらをぶり」を推奨した。

■本居宣長（もとおり・のりなが）（一七三〇―一八〇一）
　伊勢松坂の商家に生まれ、医業のかたわら徂徠と契沖の著作に出会い、また真淵『冠辞考』に感銘を受けて国学の道を目指した。

　文学作品の評価を道徳規範の枠組みに規定するのではなく「もののあはれ」の概念（対象物の本質、他者の心情を深く理解、共感すること）で文学の自律性を獲得。明治以降も日本語・日本文学の研究へ影響を及ぼした。
・『源氏物語玉の小櫛』（寛政八年（一七九六）成）
・『古事記伝』（寛政一〇年（一七九八）成）

もろこしぶみをもよむべき事
から国の書をも、いとまのひまには、ずゐぶんに見るそよき、漢籍も見ざれば、其外ツ国のふりのあしき事もしられず、又古書はみな漢文もて書たれば、かの国ぶりの文もしらでは、学問もことゆきがたければ也
（『玉勝間』一巻）

9　近世思想と文学

古文辞学や国学で提唱された理念はやがて文学の意義を高める思想的な裏付けとな

った。

宣長の提唱した文学の見方とは、人間の本来性をあるがままに認めて感動することに価値があるというもので、それまでの文学観からみて画期的だったといってよい。

儒学学習から漢詩文、国学の体得から和歌の実作を楽しむ知識人が生まれ、その気運が戯作や狂歌の創作へつながっていったのではないだろうか。

第三講　俳諧・俳文

――貞門・談林・蕉風・蕪村・一茶の俳風

1　俳諧の源流

機知・滑稽の文学として発生した中世の連歌が情趣を重んじて和歌と肩を並べるように変質していった。元来の滑稽の要素を持つ連歌は「俳諧之連歌」とよばれ、やがて「俳諧」とのみ呼称するようになった。俳諧の源流は中世の連歌である。

抑々はじめは俳諧と連歌のわいだめなし　其中よりやさしき詞のみをつゞけて連歌といひ　俗言を嫌はず作する句を俳諧といふなり

（松永貞徳『御傘（ごさん）』）

2　貞門

■松永貞徳（まつなが・ていとく）（一五七一―一六五三）

貞門俳諧の祖。京都で連歌師の子に生まれ、和歌を九条稙通、細川幽斉に学ぶ。弟子・松江重頼の『犬子集』刊行（江戸期俳諧集の最初）を機に歌人・貞徳は俳諧の頂点へ。別号に　逍遥、長頭丸など。高弟に北村季吟がいる。

貞徳の活躍期（寛永期頃）からその一派が活躍した半世紀ほどが貞門俳諧の時期である。

その俳諧の特色は、平明で上品、ときに政教主義的な実作がみられた。
貞門俳諧はそののち常識的な作風がマンネリズムに陥り、談林に取って変わられた。

天人やあまくだるらし春の海　（俳論書『新増犬筑波集』（一六四三））

3　談林

■西山宗因（にしやま・そういん）（一六〇五―一六八二）

一五歳より小姓として仕えた肥後加藤藩にて連歌に親しみ、一七歳で上京し里村昌琢（しょうたく）に連歌と歌学を学ぶ。正保四年（一六四七）より里村家の推挙で大坂天満宮の連歌所師匠に赴任した。門人に井原西鶴がいる。

貞門のマンネリズムを否定し、雅語に卑俗な日常語を合わせる手法による意外性、滑稽化を特色とした。

さればここに談林の木あり梅の花　（『宗因千句』（一六七四）　※談林派の宣言）

4　蕉風

■松尾芭蕉（まつお・ばしょう）（一六四四―一六九四）

「蕉風」の特色は貞門の温和・上品と談林の言語実験性を内包した。日常美を表現し、俳諧を一ジャンルとして深めた功績は大きい。

芭蕉は伊賀上野に生まれた。侍奉公先の藤堂家の主君が貞門・北村季吟の門下だったことが俳諧に取り組んだきっかけとなった。

寛文一三年（一六七三）、俳諧で身を立てるべく江戸へ移った。俳諧師・桃青として日本橋小田原町で点業をはじめ、其角、嵐雪、杉風らを輩出した。

延宝八年（一六八〇）、江戸市中を去り、深川で隠居した。杜甫や李白、西行、禅や老荘思想等に傾倒し思索したのはこの頃であり、隠居といっても以後に後世に残る活躍があった。

・天和二年（一六八二）、「芭蕉」号が句集『武蔵曲』で初出。
・天和三年（一六八三）、蕉門一派撰集、其角編『虚栗』が刊行。
・元禄二年（一六八九）、曾良を伴い、『おくのほそ道』の旅へ出立。

「おくのほそ道」の旅以後、「不易流行」（たえず新しい変化に本質）を説き、『ひさご』（元禄三）『猿箕』（元禄四）にあらわれた「軽み」（高い境地で庶民的、平明）の俳風となる。なお芭蕉自身の「さび」（幽寂と哀感の美的情趣）に関する言説実例は乏しく、蕉門作品の分析が待たれる。

古池や蛙飛び込む水の音（『蛙合』貞享三年（一六八六））

＊貞享三年（一六八六）春、芭蕉庵にて行われた「蛙」題の発句合せにて詠まれ、和歌的伝統を打ち破った記念的な句。

杜若われに発句のおもひあり（『俳諧千鳥掛』貞享二年（一六八五））

五月雨をあつめて早し最上川（『おくのほそ道』元禄二年（一六八九））

5　蕪村

■与謝蕪村（よざ（さ）・ぶそん）（一七一六―一七八三）

芭蕉五十回忌を機にその俳風復興の機運を起こした京都の中心的俳諧師である。

蕪村の出自は明らかではないが、書簡などから幼年期を大坂で過ごし、享保末年に江戸へ出て夜半亭巴人に入門したことがわかっている。つまり京の俳人にして江戸俳壇の出身なのである。

その後は関東諸国を放浪（この頃はじめて蕪村を名乗る）、宝暦元年（一七五一）秋に京へ上る。そして画業修行のために讃岐へ赴く。蕪村が本格的に俳諧に取り組んだのは讃岐から帰京後だった。蕪村は池大雅とならぶ近世南画（文人画）の大成者であり、その生計の中心は画業だった。南画における古典・中国の趣向は蕪村俳諧の世界に少なからず影響をおよぼしたと考えられる。

それは王朝恋物語のイメージを絵画的に詠むものや、幻想美もみられ、叙情的で耽美的、詩的な俳風としてあらわれるのである。

狩衣の袖の裏這ふ蛍かな（明和五年（一七六六））
名月やうさぎのわたる諏訪の海（明和八年（一七六九））
椀久も狂い出来よ夜半の月（安永六年（一七七七））

俳諧は俗語を用いて俗を離るるを尚《たっと》ぶ
（『春泥句集』序文（安永六年（一七七七））

・俳文『新花摘』（安永六年（一七七七）起稿）

6　一茶

■小林一茶（こばやし・いっさ）（一七六三―一八二七）

寛政期以降の江戸後期では芭蕉俳諧の顕彰事業が全国的に行われ、俳諧人口が増加し、俳諧の趣味・遊戯化がすすんだ。月ごとの句会開催、月並句合が流行した。そのような俳諧の大衆化・均質化の中にあって個性を放った俳人が一茶だった。

信濃出身の一茶は三歳で母親を亡くし、継母との折り合いが悪く十五歳で江戸へ奉公に出た。天明中期に溝口素丸に師事して俳諧を学び、寛政初期に日本各地を俳諧修行の旅を行い、地方俳人とも交流して活発な句作活動をした。

生活の貧苦から上総・下総の門人のもとを転々としたといわれ、父親の遺産相続で長年の間義弟と争い、文化十年（一八一三）にこれを解決して故郷柏原に住んだ。中年以降に妻帯するも、妻にも子にも先立たれた。そうした人生、自己への執着は作風に反映している。

日本文学において、初めて現実性を獲得したのが一茶の俳諧であり、芸術性よりも大衆性が一茶の俳風の命と評されるが、雅に俗の感覚を合わせる技法には芸術の輝きをみる。

是がまあつひのすみかか雪五尺（文化九年（一八一二））
我と来て遊べや親のない雀（文政二年（一八一九））
馬の屁に吹き飛ばされし蛍かな（文政六年（一八二三））

・俳文『父の終焉日記』（享和元年（一八〇一）草稿成）
・句文集『おらが春』（嘉永五年（一八五二）※没後に白井一之（いっし）が刊行）

第四講　川柳・狂歌

――雅俗の意識、〈うがち〉・〈もじり〉・〈見立て〉の概念

1 川柳の誕生

川柳は元禄期に流行した「雑排」前句付の付句が独詠化することで生まれた新興文芸である。

俳句のように季語や切れ字等の制約がなく、滑稽の奥に人間実態を穿つ作が本質的といえる。

■柄井川柳（からい・せんりゅう）（初世　一七一八―一七九〇）

宝暦七年に前句付点者として立机（「万句合」を開始）した、新文芸「川柳」の生みの親。

2 『誹風柳多留』

明和二年（一七六五）七月、書肆・花屋九治郎より刊行した。編者は呉陵軒有可。柄井川柳が選んだ前句付の勝句（高点句）の刷物である。四三丁からなる小冊子。序文に「一句にて、句意のわかりやすきを挙げて一帳となしぬ」とある。

かみなりをまねて腹掛やつとさせ　こはい事かなこはい事かな

言ひなづけ互い違いにかぜをひき　楽しみな事楽しみな事
腰元は寝に行く前に茶を運び　いそいそとするいそいそとする

これらの川柳の投句者は一体誰かといえば、山の手の武士や上流町人たちだった。彼らが当時の「江戸意識」の作り手だったといえる。

3　狂歌

狂歌とは、和歌のうち、日常を題材に俗語を用いて洒落をきかせたもの。滑稽を狙うなど純正でない類のものをいう。近世以前では鎌倉時代の暁月房が知られる。近世に入り、特に天明期には身分や経済を越えて様々な人々が集う「会」が開催される参加型のしくみとともに言葉の遊戯・狂歌は大流行した。

■大田南畝（おおた・なんぽ）（一七四九―一八二三）

本業は「御徒」と呼ばれた下級武士。勉学を好み、漢学者を志したが『寝惚先生文集』（明和四年（一七六七））刊行を契機に「狂歌界の藤原定家」とまつり上げられた。

平賀源内に憧れて影響を受け、またその源内に評価されて狂歌の世界へデビューした。狂名は四方赤良である。

唐衣橘州（からころも・きっしゅう）・朱楽菅江（あけら・かんこう）とともに三大狂歌師とよばれる。

万歳芸を愛好し、『めでた百首夷歌』（天明三年（一七八三））が代表するように「めでたさ」をコンセプトにした創作を特色とする。

いつまでもめでたき御代にすみれ草色よき花の江戸の紫
びんぼうの神無月こそめでたけれあらし木からしふくふくとして

4　江戸文芸における〈うがち〉・〈もじり〉・〈見立て〉

「うがち」とは、事実を穿つことで、言われてみればなるほどと頷かれる面白味であり、文芸手法でいえば、表面的に目立たず、見過ごしがちな人情の機微や事象を取り上げることで本質に迫ろうとするものである。

たとえば事象のうがちであれば、山東京伝の洒落本『通言総籬』は当時の遊里の実相をうがった作品が該当する。為永春水の人情本『春色梅児誉美』『春色辰巳園』は深川芸者の意気地や町人階級の流行風俗、恋愛事情をうがった作品であり、人情の機微が映される。川柳にもこの手法を面白く用いた例が見いだされる。

「もじり」は既成の著名な詩文・歌謡・社会現象などを題材に利用しつつ、言葉を皮肉にねじまげて他の言葉やものに置き換え、本来の題材とまったく別の意味にすりかえる遊戯的文芸手法をいう。狂歌には雅な古歌を俗へ価値転換した作例が見られる。

この概念はのちに「パロディ」として普遍化したが、近世文学はまさしくパロディの時代の文学といってよい。仮名草子『仁勢物語』は『伊勢物語』のパロディ、柳亭種彦の合巻『偐紫田舎源氏』はもちろん『源氏物語』のパロディである。

そもそも近世小説は中古・中世の物語文学のパロディ、俳諧は連歌の、狂歌は和歌のパロディの精神をもって発展したジャンルともいえる。「本歌取り」の手法と通じるが、単なる引用ではなく、価値転換や滑稽化をさせ、娯楽性をもつ文学に異化させたのが近世の文学精神と手法といえよう。

「見立て」の概念とは、既成のあるものを、別のものへ仮にみなして表現すること。浮世絵や歌舞伎に常套的に用いられた手法である。古典の本歌取りとも性質は微妙に異なり、〈謎解き〉に類似する性質のものといえる。文芸手法としては俳諧に早く、まもなく見立絵本など絵画の世界に入り、芸能の手法へ発展したと考えられる。

機知と滑稽をその精神とし、〈うがち〉・〈もじり〉・〈見立て〉の手法を用いて近世の文学は豊かな表現を展開したのである。

第五講　仮名草子

——文芸に求められた啓蒙性と娯楽性を考える

1　仮名草子とは何か

仮名草子とは、近世初期作品から、井原西鶴の浮世草子第一作である『好色一代男』（天和二年（一六八二））までの散文作品の称である。

それは漢籍や仏典に対し、やさしい仮名で書かれた本の意味をも指し、随筆、教訓書、実用書、小説など、内容は多岐にわたる。近世小説史としてはそのはじまりといえる。

仮名草子の作者は御伽衆・武士・儒者・医師・僧侶などの知識階級だった。

2　啓蒙性ある〝書簡体小説〟『薄雪物語』

作者未詳。寛永九年（一六三二）刊行。

内容は、若侍・園部衛門が人妻・薄雪に恋をして文を出す。薄雪は初めこそ拒絶したものの、度々の恋文に心を動かされて契りを結ぶ。薄雪は園部衛門が京から離れている折に病死し、園部衛門は出家して高野山にこもるが後を追う、という物語である。

今日では恋愛物（小説）として分類されるが、恋文の文例を載せるという実用書でもあり、古歌が多く引用されて古典習得の啓蒙書でもある。

新しい時代・近世という社会を生きるための実用・啓蒙の要素を小説が担ったこと

がよくわかる一書である。

3　娯楽性の強い〝咄本〟『醒睡笑』

安楽庵策伝（あんらくあん・さくでん）（第十三講に詳述）著。元和九年（一六二三）成立。

策伝が誓願寺の僧として京都所司代・板倉重宗に披講した戦国時代末期から江戸初期の笑い話を集めた八巻からなる咄本。寛永五年（一六二八）に京都所司代・板倉重宗へ献本した。

説教の種本として読まれ、「笑い話を本にした最初」である。また、落語の原点と位置づけられるため、策伝は落語の祖とされている。

「亀はいかほど生くる物ぞ」。「万年生くるといふ」。分別あり顔の人、亀の子をとらへて、「今から飼うて見んものを」と言ふ。かたはらの者あざわらって、「命は槿花の露のごとし。たとひ長寿をたもつとも百歳をいでず。万年の命を、なんとして試みんや」といへば、「げにも、わるう思案したよ」と。

（巻之二「亀の寿命はためされぬ」）

4　翻訳物・翻案物

前時代文学のもじり、先行文芸の利用などの手法に通じるのが外国文学作品を種本とした翻訳・翻案物文学である。仮名草子には在来の日本の文学と異なる物語性を巧みに日本化した作品群があらわれた。

◇『伊曾保物語』

元和元年（一六八一）頃刊行。世界的に有名なイソップ物語の翻訳本。原作そのままの翻訳もあれば、舞台を京都におくなどの翻案も見られる。先にポルトガル式のローマ字で書かれたキリシタン版（一五九三）があるが、仮名草子としては古活字版と絵入り版の二種がある。教訓を主とした内容では、日本風に変化させたものも入っている。

◇『伽婢子』

浅井了意（あさい・りょうい）著。寛文六年（一六六六）刊行。『剪燈新話』等中国の怪異小説を日本の戦国時代に置き替えた翻案物。中国の白話小説の構想をかりた読本の先駆である。

第六講　浮世草子
―井原西鶴の作品を中心に概観する

1 浮世草子とは何か

浮世草子とは、井原西鶴（いはら・さいかく）によって浮世草子の第一作『好色一代男』が刊行（天和二年（一六八二））されたことにより切り開かれた新しい形式の小説である。浮世草子は上方を中心に約百年間の流行をみせた。

2 井原西鶴の文業

井原西鶴（一六四二―一六九三）は大坂の町人（本名は平山藤五と伝わる）。出生についての詳細はわからないが、一五歳頃より俳諧をはじめ、二一歳頃には宗匠となったようである。

三二歳（寛文一三年（一六七三））に生玉神社で万句興行し、これをまとめた『生玉万句』を刊行すると奇抜な表現の新しい俳諧が「阿蘭陀流」と非難された。

速吟を得意とし、四三歳で空前絶後の二万三千五〇〇句の矢数俳諧の記録を出している。西鶴は浮世草子作者になってからも、生涯を通じて俳諧師でもあった。俳諧以外では、役者評判記や浄瑠璃、地誌も手がけている。

3　西鶴の浮世草子

西鶴の浮世草子はその内容でグループに分類することができる。

◆好色物

浮世草子初作の『好色一代男』のごとく町人の恋愛生活に取材した作品群。恋愛は美意識に関わる〈虚〉と倫理に関わる〈実〉の側面を持ち、複雑かつ多面的な人間を描くのに格好の素材だった。

◇『好色一代男』（天和二年（一六八二））

浮世草子という新しい文学形式を確立した、その第一作である。

巻一の冒頭は「桜もちるに嘆き、月はかぎりありて入佐山」に始まる。これは、伝統的な文学観が、〈自然美を代表する花や月が悠久であるに対し、人間の性愛ははかないもので限界がある〉というものとは異なり、〈人間の性愛には自然美に勝る不朽性がある〉意味を述べたと評される。

物語は主人公・世之介の七歳から六十歳まで五十四年（『源氏物語』の五十四帖になぞらえている）にわたる恋愛遍歴（『伊勢物語』に倣う）を通して、当時の町人階級の愛欲の実態を描いている。

◇『椀久一世の物語』（貞享二年（一六八五））
放蕩息子・椀屋久右衛門の狂死事件を題材とする。

◇『好色五人女』（貞享三年（一六八六））
歌謡や演劇にもとりあげられて有名な、お夏・おせん・おさん・お七・おまんの恋愛事件を、オムニバス形式に収めた短編小説集。

◇『好色一代女』（貞享三年（一六八六））
老女の好色遍歴の懺悔話の体裁で書かれる。主人公は大名の妾から、年齢とともに容貌が衰えて最下級遊女になる。小町伝説を下敷きにしている点で『好色一代男』と対をなす。

◇『男色大鑑』（貞享四年（一六八七））
武家や劇界の男色の道を描く。

◆武家物
武家の世界の倫理と論理を描く。『男色大鑑』で武家の世界に踏み込み、西鶴は武士が面目や義理を命以上に大事とし、町人と異質の人間たちであることを悟る。

◇『武道伝来記』（貞享四年（一六八七））

副題「諸国敵討」。各地の敵討の話を集めたもの。

◇『武家義理物語』（貞享五年（一六五二））

武家社会のモラル・義理に殉じる生き方を描く。鎌倉から江戸時代初期までの武士の愚行に近い程の義理堅さ等の話を集めたもの。

◆町人物

主として町人を主人公に、金銭との関わりを描いた作品。金が引き起こす悲喜劇の中に見える人間の弱さ・愚かさ・卑劣さ・気高さ等人情の諸相を会話を主体とした文章で描く。

◇『日本永代蔵』（元禄元年（一六八八））

六巻六冊、各巻五章。「大福新長者教」の副題をもつ。巻一のみ内題に「本朝永代蔵」とある。

仮名草子の「長者教」を受け、知恵と才覚で大金持ちに成りあがった町人たちの列伝と、その没落過程も描いて金の魔性を写した日本初、世界的にも先駆的な〈経済小説〉である。

一六七〇年代に本州一周航路が整備されて以降、一六九〇年代までに両替商制度が整い、大坂の地は商業資本主義の中心地となった。商業資本主義の隆盛期だった貞享期の諸相を題材としたタイムリーな作だったといえる。

天道言ものいはずして、国土に恵みふかし。人は実あつて、偽いつはりおほし。其心ンは本もと虚にして、物に応じて跡なし。是これ、善悪の中に立たつて、すぐなる今の御ン代を、ゆたかにわたるは、人の人たるがゆへに、常の人にはあらず。一生一大事、身を過すぐるの業わざ、士農工商の外ほか、出家、神職にかぎらず。始末大明神の御託宣にまかせ、金銀を溜たむべし。是、二親の外に、命の親なり。人間、長くみれば、朝あしたをしらず、短くおもへば、夕ゆふべにおどろく。されば天地は万物の逆旅げきりよ。光陰は百代はくたいの過客、浮世は夢まぼろしといふ。時の間まの煙、死すれば何ぞ金銀、瓦石ぐはせきにはおとれり。黄泉の用には立たちがたし。然りといへども、残して、子孫のためとはならぬ。ひそかに思ふに、世に有程の願ひ、何によらず、銀徳にて叶はざる事、天が下に五つ有。それより外はなかりき。是にましたる宝船の有べきや。見ぬ嶋の鬼の持もちし隠れ笠、かくれ簑も、暴雨にはかあめの役に立たゝねば、手遠きねがひを捨すてて、近道に、それぞれの家職をはげむべし。福徳は、其身の堅固に有。朝夕、油断する事なかれ。殊更、世の仁義を本もととして、神仏をまつるべし。是、和国の風俗なり。

（巻之一　初午は乗てくる仕合）

◇『世間胸算用』（元禄五年（一六九二））

大晦日における売掛金をめぐる狂騒と中層下層の無名町人の年越しの悲喜劇。

◆雑話物
西鶴の実在する人物・事件への興味、説話文学の影響が見られる。
◇『西鶴諸国ばなし』（貞享二年（一六八五））
諸国怪談・奇談集。
◇『本朝二十不孝』（元禄二年（一六八九））
中国の「二十四孝」の逆で親不孝者の話を集めたもの。

4　西鶴以降の浮世草子を担った作者

■江島其磧（えじま・きせき）（一六六六―一七三五）
元禄一二年（一六九九）に版元・八文字屋から役者評判記『役者口三味線』を刊行して好評となり、この形式を持ち込んだ浮世草子『けいせい色三味線』を元禄一四年（一七〇一）に同じ八文字屋から刊行した。

その後八文字屋と不仲となり（後に和解）、自分の息子に書肆を開かせて、特定の階層の癖を指摘して滑稽に描いた『世間子息形気』（正徳五年（一七一五））等、新たな形式である気質物（かたぎもの）を確立した。

5　八文字屋本の時代

版元・八文字屋は其磧が活躍した時期に浮世草子界の主導権を握っていた。八文字屋から刊行された浮世草子は特に「八文字屋本」と称するのである。其磧以降は歌舞伎や浄瑠璃により、時代設定は過去で風俗は当世という演劇手法に則した種の作品、演劇を小説化した作品を多く刊行したが、徐々に衰退して明和三年（一七六六）には他の版元に版木の大部分を売却する事態となり、やがて読本時代を迎えた。

第七講　前期読本

―上田秋成の作品を中心に概観する

1　前期読本とは何か

読本（よみほん）は「日本在来の題材を主体に中国稗史を趣向とし、勧善懲悪思想を理念としながら因果応報観で統括し、雅俗折衷の和漢混淆文で綴ったもの」（横山邦治『読本の研究』一九七四、風間書房）。

「読本」の呼称は絵本に対する読本、の意味である。

浮世草子の通俗性に飽きた知識人たちに流行した白話小説（中国俗語体小説）が読本成立に直接的な影響を与えたと考えられる。

前期読本は都賀庭鍾『英草紙』（寛延二年（一七四九））にはじまり、山東京伝『忠臣水滸伝』（寛政一一年（一七九九））を境として後期と区別する。

次に、前期読本の分類（後期では諸要素が統合された）を示す。

［短編～中編］　白話短編小説の翻案類や百物語風の怪異譚集、見聞記類など

［中編～長編］　『水滸伝』など長編白話小説の影響を受けた水滸伝物、仏教長編説話系、実録・巷談物

なお、前期読本では作者自身の学識や人間観・歴史観を盛り込むことを重要視し

た。

職業的作家が読者を意識して書くようになった後期読本と異なる文人の創作であり、読者は限られた知識人であった。

2　読本の祖・秋成以前

■都賀庭鍾（つが・ていしょう）（一七一八―？（文化初期頃））

医学者・漢学者で読本作者という、この時期の大坂の典型的文人。『康熙字典』（安永七年（一七七八））翻刻の際は原点引用の誤りを正すほどの学識を持っていた。上田秋成の医学と文学の師かとみられている。

・『英草紙』（寛延二年（一七四九））

九編の短・中編から構成され、『警世通言』『古今奇観』等の白話小説を日本の『太平記』『源平盛衰記』の世界へ翻案した怪談・奇談集。

■建部綾足（たけべ・あやたり）（一七一九―一七七四）

弘前藩家老の次男に生まれ、二〇歳の時に兄嫁と通じて故郷を出奔し、諸国を転々とした（江戸で没した）俳人・国学者・読本作家。

綾足にとって読本は古典研究の応用の場だった。

読本の代表作品には、京都郊外の一乗寺で起きた事件を題材とした『西山物語』

（明和六年（一七六九））、『水滸伝』の翻案であり、記紀神話から構想を得、奈良朝を舞台とした『本朝水滸伝』（前編は安永二年（一七七三）刊行、未完）がある。

3　上田秋成の読本

■上田秋成（うえだ・あきなり）（一七三四―一八〇九）

秋成は享保一九年、大坂の浪華曽根崎に生まれた。四歳（元文二年（一七三七）の時に母と別れ、大坂堂島の紙油商・上田茂助の養子となる。翌年には痘瘡を患い、命はとりとめたが手指が奇形となった。宝暦三年（一七五三）頃に俳諧をはじめ、十代後半は「遊浪子（のらもの）」的生活を送る。

明和三年（一七六六）に「和訳太郎」（意味は〝悪ガキ〟）の筆名による浮世草子『初道聴耳世間狙（しょどうききみみせけんざる）』を書いたのが小説の処女作である。第二作目の『世間妾気質』（明和四）が代表するように、井原西鶴や江島其磧らの先行作を参照し、極端な癖を持つ人物の奇行や愚行を描く滑稽風俗小説である「気質物」を主として書いていた。

安永元年（一七七二）から家業を廃して医者で生活するようになり、都賀庭鐘に学んだ。

その後、国学研究を深め、五十三歳となった天明六年（一七八六）に本居宣長と『古事記』『日本書紀』に書かれた天照大神について論争をおこす。代表作『春雨物語』は文化五年（一八〇八）に成り、翌文化六年、秋成七十五歳の最終稿本として刊行された。

◇『雨月物語』

明和五年（一七六八）に初稿が書かれ、八年後の安永五年に出版。五巻五冊九編。

中国白話小説の影響と『源氏物語』等の日本の古典を典拠に融合させて成る。情念、執着、愛欲のために常識や現実と彼岸の境界を超えてしまった人々の物語だが、誰にも普遍的に存在するものを持った人間的な者たちを描く。

以下に『雨月物語』九編の梗概を掲げる。

・「白峯」

讃岐白峰の山中、崇徳院の墓に詣でた西行法師の前に怨霊となった崇徳院が現れる。保元の乱の正当性を崇徳院は述べ、仇敵への怨念と復讐の決意を語る。西行はこれを批判して議論となる。

・「菊花の約」

播磨加古の学者・丈部左門は旅の途中で病にかかった軍学者・赤穴宗右衛門を

救う。意気投合した二人は義兄弟の契りを結ぶ。囚われた宗右衛門は約束した九月九日の再会を、死霊となって果たす。

・「浅茅が宿」

下総真間に住む勝四郎は妻・宮木を残して京へ商いに出る。やがて真間の里は戦場となり、勝四郎も山賊に襲われ、病にかかって帰郷が7年後となった。故郷で再会した宮木が亡霊と知ったのは翌朝だった。

・「夢応の鯉魚」

三井寺の僧・興義は鯉の絵の名手。病で息絶えるが、三日目に蘇生した。目覚めた興義が語った夢での体験とは、鯉となって琵琶湖を回遊していると釣り上げられ、切られそうになる瞬間に夢から醒めた。

・「仏法僧」

伊勢の隠居・夢然とその子の作之治は高野山に詣で、一夜を明かす。そこへ来た貴人の一行は、高野山で憤死した関白秀次とその家臣たちの亡霊。一緒に修羅道へ連れていかれそうになるのを、命からがら逃げる。

・「吉備津の釜」

放蕩息子の正太郎は吉備津神社の神主の娘・磯良と結婚する。やがて正太郎は磯良を裏切り、遊女の袖と出奔。磯良は嘆き悲しんで病死すると、袖も物の怪に憑かれて病死する。正太郎は物忌を終えて外に出ると殺される。

・「蛇性の婬」

紀伊の網元の次男・豊雄は雨宿りで謎の女性・真女子（児）と出会い、契りを交わすが蛇の化身という正体がわかる。真女子（児）は豊雄の新妻に乗り移り、豊雄は我が身を議牲にする決意をするが、法海和尚の法力に鎮まる。

・「青頭巾」

行脚僧・快庵禅師は下野富田で病死した美童への執着のあまり死体を食べて鬼となった僧の話を聞く。快庵は救いを求める僧に青頭巾と証道歌を二首授ける。再会した僧を禅杖で打てば、妄念は消えて頭巾と白骨だけが残った。

・「貧富論」

陸奥蒲生藩の岡左内は金銭を尊ぶ武士。ある夜、枕辺に黄金の精霊が現れ、金銭について問答を交わす。左内は徳行と富貴が必ずしも結びつかないことを述べ、精霊は、自分は善悪を超越した存在だと言い、また豊臣の世が終わり、徳川の世になる予言をして去った。

◇『春雨物語』

『雨月物語』からおよそ三〇年後に纏められた。中国小説の影響は薄れ、人間と歴史を統御する運命の理が何であるかをテーマとする。創作と秋成の学問が混然一体となった総決算的な作品。

「血かたびら」「天津をとめ」「海賊」「二世の縁」「目ひとつの神」「死首の咲顔」「捨石丸」「宮木が塚」「歌のほまれ」「樊噲」の十編をおさめる。

第八講　後期読本

—曲亭馬琴の作品を中心に概観する

1　後期読本とは何か

読本のうち、山東京伝『忠臣水滸伝』（寛政一一年（一七九九））を境とし、後期とする。

半紙本型の大きさを基準とし、中国小説に倣って巻頭に主要登場人物の口絵を数葉付すものが多い。

挿絵は艶墨や薄墨を用い、前期読本に比べて美しい装丁となったのも特色である。

仏教思想に基づく因果応報観や儒教思想に基づく勧善懲悪思想が内容に反映している。長編物が多く、文体に凝るもの、雄大な構想を持つものなどが後期読本の特徴といえる。

2　江戸戯作の代表者・京伝の読本

京伝読本の特色は演劇から影響を受けた構成・華やかさと繊細な情緒美、そして演劇からの趣向の摂取に特色があった。

文化中期頃より馬琴が登場すると、馬琴は次第に京伝を陵駕して、やがて京伝を読本の世界から去らせた。

■山東京伝（さんとう・きょうでん）（一七六一―一八一六）

宝暦一一年（一七六一）、京伝は岩瀬伝左衛門の長男として深川の木場に誕生した。幼名は甚太郎。弟・相四郎はのちの山東京山。

九歳で、手習いを始める。この時に父親からもらった机を生涯愛用した（没後に弟京山が建てた「机塚」の由来）。

一三歳の時、父が深川木場の質店を廃業し、京橋銀座一丁目の町屋敷の家主となり、京伝一家は転居する。この時、名を伝蔵と改める（京伝の名前の由来）。

一五歳頃、北尾重政に浮世絵を学び、北尾（蕣斎）政演（きたお（せいさい）まさのぶ）と号し、黄表紙の挿絵を多く手掛ける。

万象亭の主催する狂文の会で刊行した狂歌本に「山東京伝」名で狂歌が掲載される。この文芸サロンにおいて版元・蔦屋重三郎と関わり、以後、多くの黄表紙や洒落本を蔦屋から刊行した。（黄表紙・洒落本での活躍は後講に譲る）

寛政改革（一七八七～一八二〇）では知名度が仇となり、寛政三年（一七九一）には「手鎖五十日」の刑に処せられる。以後、洒落本を絶筆したことが読本執筆に関わるきっかけとみる。

銀座一丁目に紙製煙草入店を開いて繁昌させる等、非常に多才だったと見られ、町人出身で最初の職業作者と考えられている。

◇『忠臣水滸伝』

前編は寛政一一年（一七九九）、後編は享和元年（一八〇一）刊行。挿絵は北尾重政。

『仮名手本忠臣蔵』の世界に当時流行した中国白話小説『水滸伝』の趣向を綯交ぜている。

◇『桜姫全伝曙草紙』

文化二年（一八〇五）刊行。挿絵は歌川豊国。

清玄桜姫説話に仮名草子『二人比丘尼』（鈴木正三作、寛永九（一六三二））を絡ませ、丹波桑田の御家騒動譚を入れた筋。

これは婦女子の耳になれたる清玄の奇談にて、一部の趣向、古今ならぶものなき妙作、世に絵入よみ本流行そめしも、此物語を第一とはかぞへしなり

（為永春水『増補外題鑑』（天保九（一八三八））

3　後期読本の性格を規定した作者・曲亭馬琴の読本

■曲亭馬琴（きょくてい・ばきん）（一七六七―一八四一）

明和四年、旗本・松平信成の用人、滝沢興義の五男に生まれる。生家は貧しく、馬琴は町人に入婿して武士を去り、寛政二年に山東京伝へ入門した。

文化期前半は説話伝説、演劇、巷談など様々な題材を求めながらの摸索時期を

過ごした。寛政四年（一七九二）には書肆・耕書堂蔦屋重三郎の番頭となった。

寛政八年（一七九六）、その耕書堂から初めて書いた読本『高尾船字文』を刊行した。馬琴が目指したのは大衆の人気を得ていた読本が、成人男子の読み物として認められること。つまり質的向上である。馬琴が到達したのは「史伝物」の世界だった。

◇『椿説弓張月』

文化四年（一八〇七）、前編（「後編・続編・拾編・残編」と続く）刊行。全二九冊。挿絵は葛飾北斎。馬琴史伝物の初作である。

内容は、九州に下った弓の名人・源為朝（鎮西八郎為朝）が都で保元の乱に破れ、大島に流島されるが挙兵して抜け出ると、暴風雨のため琉球へ到着。琉球では寧王女が王の寵姫らに陥れられようとするのを助け、波瀾万丈を経て琉球を平定した、というもの。

刊行中の文化五年一〇月に劇化された。浄瑠璃『鎮西八郎誉弓勢』、同年一一月の近松徳三作の歌舞伎『島巡弓張月』が早い。

のちに〝通し狂言〟として創作されたのは近代の三島由紀夫『椿説弓張月』（昭和四四年（一九六九）一一月、国立劇場）が初めてとなる。三島最後の戯曲となり、自ら脚本、演出、美術、音楽などを手掛けた。当時無名だった一九歳の五代目坂東玉三郎が白縫姫に抜擢され、出世作となった。

◇『南総里見八犬伝』

文化一一年〜天保一三年（一八一四〜一八四二）刊行。全九八巻一〇六冊。挿絵は柳川重信、渓斎英泉ほか。

構成の整い方、作品世界のスケールから江戸後期文学の代表とも呼ばれる。合巻化、歌舞伎化、錦絵の版行によって当時から幅広い層に支持された。

以下に梗概を掲げ、有名な「芳流閣の決闘」の部分を引く。

結城の戦いに敗れ安房へ落ち延びた里見義実は隣国の館山城主・安西景連の攻撃に苦しんでいた。

愛犬八房が景連を討ち取ったが、その褒美に伏姫を望み、富山の洞窟にこもる。姫を取り戻しにきた許婚の金碗（かまなり）大輔は、鉄砲で八房を撃ち殺す。懐妊している伏姫は、身の純潔を証するため、大輔と父義実が見守るなか、自害すると、伏姫が幼い頃から授かっていた護身の数珠から八つの玉が飛び散った。この玉は関八州へ飛ぶと、仁・義・礼・智・忠・信・孝・悌の玉と牡丹型のあざを持って生まれた八犬士が誕生してくることになる。

金碗大輔は出家して、大（ちゅだい）法師となり、飛び散った八つの玉の行方をもとめて旅に出る。やがて不思議な縁によって八人は里見義実のもとへ集結し、家臣として里見家の危難を救う。

いにしえの人いはずや、禍福は糾《あざな》える縄の如し、人間万事往くとして、塞翁が馬ならぬはなし。そは福の倚る所、将《はた》禍のふするところ、彼にあれば此れにあり、とは思えどもかねてよりたれかよくそのきわみを知らん。憐れむべし犬塚信乃は親の遺言、かたみの名刀、心にしめつ、身に付けつ、艱苦のうちに年をへて、得難き時を得てしかばはるばる滸我へもたらして名をあげ家を興すべかりしその禍は禍と、振り替わりたる村雨の刃はもとのものならで我が身をつんざくあだとぞなりし、恨みをここに釈くよしもなく、こと急にして意外にあり。僅かにとうざの辱めを避けばやと思うばかりにあまたの囲みを切り開きて芳流閣の屋によじ登れどもとにかくに逃れ去るべき道のなければそこに必死を究めたる、心のうちはいかなりけん、おもいやるだにいと痛まし。さればまた、犬飼見八信道は犯せる罪のあらずしてつきごろ獄舎に繋がれし。禍はいま恩赦の福ひ、わが縛めのなほ解けて人にぞかかる捕手の役義、犬塚信乃を搦めよとてなまじいに選び出されつ他所の憂いを自の面目にいまさら用いられん事願わしからず、と思えども否みて許されるべくもあらぬ、君命重く、いや高き。かの楼閣は三層なり。その二層なる簷の上まで身をかすませて登り見れば足下遠く雲近く照る日烈しく堪え難き。

（『南総里見八犬伝』第四輯巻一）

第九講　黄表紙・合巻
――戯作絵本の世界を概観する

1 草双紙について ―赤本・黒本・青本時代

草双紙とは、江戸戯作（小説）のうち、挿絵と文章双方によって鑑賞する〝戯作絵本〟の呼称のことである。

ふつう草双紙は、一冊五丁（十頁）で構成され、各丁に挿絵を配する。これは文章・挿絵の同時鑑賞を叶える体裁である。

実は明治以前の小説のおよそ六割は草双紙であり、大衆文芸の中心的存在、代表的な江戸文学といえる。

内容と装丁の変化にともない、赤本・黒本・青本・黄表紙・合巻と呼称を変えて展開した。

◆赤本

宝永期（一七〇四〜一七一一）頃から表紙に丹（赤色）を用いた本。

作者名の記載はないが、絵師は奥村政信らだった。『福神そが』等の祝儀物や『桃太郎昔語』等の昔話物があり、主として子供向けである。

◆黒本・青本

宝暦〜明和期（一七五〇〜一七七〇頃）が中心。

丹が高価となったため、黒本は墨色による表紙、青本は植物染料による萌黄色を用いた。

〝絵主文従〟で化け物や昔話を題材にした子供向けの他、当世風俗を取入れ、駄洒落をきかせたものや歌舞伎・浄瑠璃を題材にした大人向けのものもあった。

黒本と青本の時期は明確に分けることができない。鳥井清倍、清満ら鳥井派絵師の挿絵が多い。

2　黄表紙とは何か

黄表紙は、恋川春町（作画）『金々先生栄花夢』（安永四年（一七七五））の刊行にはじまり、式亭三馬（作、挿絵は歌川豊国）『雷太郎強悪物語』（文化三年（一八〇六））までに刊行された草双紙の総称である。

およそ二千種あり、表紙は黄色。判型は中本である。五丁（一〇頁）を一巻一冊とし、通常は二～三巻から成る。

安永末年～天明期（一七八〇～一七九〇頃）が最盛期と考えられる。

黒本・青本に継続した絵本であるが、劇壇や吉原などの遊里と密接に関連した内容が多く、対象読者は大人となった。

また都市・江戸を中心に題材が選ばれたことから、地方文芸的な見方もできる。

3　黄表紙の祖・恋川春町と『金々先生栄花夢』

■恋川春町（こいかわ・はるまち）（一七四四―一七八九）

黄表紙作者・狂歌師（狂名：酒上不埒）・浮世絵師。

紀州田辺藩士の子に生まれ、駿河小島藩士の養子となり、江戸小石川春日町の藩邸に住んで要職を歴任した武士である。

少年時代から俳諧に親しみ、勝川春章に私淑して洒落本の挿絵絵師となった。その後『金々先生栄花夢』ほか三〇編ほどの黄表紙作品を残した。

『鸚鵡返文武二道』（寛政元年（一七八九））で田沼意次の没落と松平定信による寛政改革を揶揄したために召喚されるが病気を口実に応じぬうち、突然没した（筆禍が藩へ迷惑が及ばぬよう配慮の自死か）。

◇『金々先生栄花夢』

安永四年（一七七五）刊行。作・画とも春町。中本二冊から成る。謡曲『邯鄲』の世界を下敷きにしている。和漢の古典の教養を背景に、吉原の活写等遊戯性を持ち合わせた文芸として成立した。

内容は、田舎から出てきた青年「金々先生」が江戸で大金持ちに成り上り、吉原で遊蕩するも身を持ち崩して零落―だが、それはすべて夢だった、という物語。

4　寛政改革と戯作の変化

寛政改革（享保の改革、天保の改革とあわせて三大改革とよばれる）松平定信が財政の安定化を目指して老中在任期間（一七八七～一七九三）に主導した幕政改革である。緊縮財政を強要し、風紀取締り・思想統制を行ったことで文化を停滞させたことから庶民から反感を買った。戯作はそうした寛政改革をうがち、笑いの対象とした。代表的な一例に恋川春町『鸚鵡返文武二道』があるが、幕府はそれらを黙認せず、武士階級の戯作執筆を士風の廃退とした。

山東京伝『心学早染草』（寛政二年（一七九〇））は当時の心学流行に取材し、善玉・悪玉の争いを描いて好評を博した。京伝は翌寛政三年から稿料を取るようになり（その最初は洒落本『仕懸文庫』）、日本で初めての職業作者となった。

職業作者の誕生は、近世の文学が文人的趣味から脱し、多くの読者にむけた職業作家による「戯作」へと性格を転換させたことを意味する。

5　合巻とは何か

文化期になると黄表紙で流行してきた敵討物が内容を複雑化させ、長編化の傾向をみせる。その製本の都合から合冊化がはじまり、内容にともなって変化した本の姿かたちから「合巻」となったのである。

山東京伝や曲亭馬琴による、美しい錦絵表紙に口絵数葉をもつ作品の刊行が合巻の体裁を定めた。

◆合巻の最初

式亭三馬『雷太郎強悪物語』（文化三年（一八〇六））が全十巻五十丁（百頁）を二冊に合せ綴じて刊行したところ大いに人気を得て、以降、黄表紙は「合巻」と変化した。

◆合巻の読者

柳亭種彦の『正本製（しょうほんじたて）』（文化一二～天保二（一八一五―一八三一））の刊行が合巻の性格と読者を考える好例といえる。

「正本」は脚本の意である。歌舞伎の舞台や役者を挿絵に入れ、紙上に舞台を再現するなど歌舞伎を積極的に取り入れて好評となり、文政期の合巻の様式に影響を与えた。

江戸の二大悪所は「吉原（遊里）と芝居（芝居小屋・芝居町）」と言われた。遊里は男性が中心、芝居小屋は男女に人気があったが、役者の熱狂的なファンはやはり女性が中心。つまり役者似顔が載り、演劇的趣味の反映された合巻読者は女性が中心であったことが示される。

6　最盛期の代表的作品『偽紫田舎源氏』

■柳亭種彦（りゅうてい・たねひこ）（一七八三―一八四二）
　種彦は清和源氏に属した高田氏（仕えた武田家が滅亡した後は徳川氏に召し出された旗本）に生まれたが、相続のみで生涯役に就かなかった。『浅間獄面影草紙』（文化六）等の読本も刊行したが、稿料の高い合巻に転じた作者である。

◇『偽紫田舎源氏』
　挿絵は歌川国貞による。初編は文政一二年（一八二九）刊行、最終の三八編は天保一三年（一八四二）刊行。「江戸時代最高のベストセラー」と目される。刊行まもなく天保改革の風紀粛正の一環として絶版処分となり、中断に刊行が終わるも人気は根強く、他作者による続編や類作の刊行が続いた。

『源氏物語』のパロディであることは有名だが、『源氏物語』を歌舞伎「東山」の世界（足利義政時代）へ移しており、その内容は、足利光氏（描かれる出生や恋愛から光源氏に相当）が将軍家の重宝である短刀・勅筆の短冊・鏡を探索しながら、山名宗全の陰謀を挫くというもの。演劇的かつ推理小説的な趣がある。

第十講　洒落本・人情本

――遊里文学の世界、改革と出版統制、〈通〉の概念

1　洒落本とは何か

洒落本とは、小本の「遊里文学（遊里における〈通〉をうがちの手法により、滑稽に示した）」称である。その最初の作は漢文を用いて吉原の情景を綴った、撃鉦《どらうつ》先生（生没年未詳）作、鳥井清信画『両巴《りょうは》巵言《しげん》』（享保一三年（一七二八））と考えられている。

◇『遊子方言』（明和七年（一七七〇））

発生期の代表作。田舎老人多田爺作。

和文による定型の始まりと位置づけられ、その後の多くの洒落本の登場人物として類型的に活躍する「半可通」の登場が見られた。様々な意味で典型の造型があった作といえる。

洒落本の全盛期は、イコール山東京伝の活躍期とみてよい。

なお衰退期の代表作は梅暮里谷峨（うめぼり・こくが）（一七五〇—一八二一）の『傾城買二筋道』（寛政一〇年（一七九八））である。

洒落本に生まれ、中核となったのは「通」の概念である。洒落本衰退期ではこの「通」意識の追究よりも「恋」を描く傾向が強まり、やがて人情本へと移行した。

2　京伝の洒落本

山東京伝の経歴については第八講を参照されたい。

「洒落本の第一人者」というのが後世における京伝の評価である。

京伝は天明五年（一七八五）、洒落本の第一作『令子洞房（むすこべや）』を刊行する。以後、寛政三年（一七九一）までに一六種の洒落本作品を書く。この期の代表作には、吉原を描いた『通言総籬』（天明七年（一七八七））、岡場所を描いた『古契三娼』（天明七年）、客と遊女の手管をめぐる『傾城買四十八手』（寛政二年（一七九〇））がある。

以下に、京伝に師事した曲亭馬琴による評伝（寛政二年）の一部を掲げる。


天明中より洒落本の新作、春毎に出て評判よからぬはなく、小本、臭草紙共に、滑稽洒落第一の作者と称せられたり。そが中に、『ゆふべの茶殻』『京伝予誌』『ムスコビヤ』『傾城買四十八手』などといふ洒落本あり。『四十八手』尤も行れたりといふ。かくて寛政二年官令ありて洒落本を禁ぜられしに、蔦屋重三郎［書林并に地本問屋］、その利を思ふの故に、京伝をそゝのかして又洒落本二種を綴らして、その表袋に教訓読本かくのごとくしるして、三年春正月、印行したり、そは『錦の裏』といひ［よし原のしやれ本］、『仕掛文庫』［深川の洒落本］といふ二種の中本［大半紙二ツ裁］也。

（曲亭馬琴『近世物之本江戸作者部類』）

3　遊里文学の世界

遊里とは遊女の居る色里の意味である。

慶長年間に遊女屋経営者・庄司甚右衛門らが幕府に点在した遊女屋を一か所に集める遊女町の設置を願い出た。

元和四年（一六一八）一一月に日本橋葺屋町の北はずれのアシ（ヨシ）の生える湿地に「吉原」は誕生した。

明暦二年（一六五六）、幕府の命により江戸郊外・浅草寺北へ移転して「新吉原」となる。歌舞伎とも影響し合い、「二大悪所」として栄える。

吉原は参勤交代によって全国的に知られ、情報をもとに足を運んだ。

一方、吉原の移転による不便さに当て込み、宿場を中心に岡場所も発展した。

遊里の発展は遊里案内や遊興の手引き等の実用書が求められた。遊女屋と遊女の格付けを載せる「吉原細見」の他、遊里の諸事情を会話文によって写実的に描く洒落本は時代に応じ、人気を得たのである。

4　人情本　―成立の背景と初期の作品

寛政改革によって洒落本が従来のままでは刊行できなくなると、やがて作品の舞台を遊里ではなく一般社会の恋愛を描くものへと拡大させた。

また、読者層は洒落本が男性中心だったのに対し、町人の恋愛事情を映した内容に変化したことから女性読者が増加し、やがて女性読者のための文学へ発展した。

人情本の最初といえる作はともに文政初期に刊行され、いずれも女性読者の拡大をねらった書肆の商業主義から生まれたのである。

◇十返舎一九『清談峯初花』（文政二〜三年（一八一九〜一八二〇））

素人作者による女性向け恋愛小説『江戸紫』を版元の依頼で一九が書直したもの。

◇滝亭鯉丈『明烏後正夢』（文政四〜七年（一八二一〜一八二四））

新内節『明烏夢泡雪』の後日談を書肆・青林堂越前屋長次郎が刊行したもの。

5　人情本の代表作者・為永春水

■為永春水（ためなが・しゅんすい）（一七九〇―一八四三）

前半生は未詳。式亭三馬に入門か。文政初期には講釈師・為永正輔と称して寄席へ出ていた。文政二年（一八一九）、書肆・青林堂越前屋長次郎として人情本『明烏後正夢』を刊行した。

文政期は二世南仙笑楚満人と名乗り、門人や友人を中心に狂言作者や素人作者を集めて合作制で歌舞伎や浄瑠璃に題材を得た作、伝奇的な小説を発表していたらしい。

文政一二年（一八二九）に為永春水と改め、人情本作者として本格的に生きる決意をする。

天保一三年（一八三二）に『春色梅児誉美』を刊行する。自ら「江戸人情本の元祖」（四編序文）と称し、第一人者となる。

天保改革により作品が風俗を乱すとのことで手鎖五十日の刑をうけ、翌年病没。

『春色梅児誉美』以降、〈中型絵入読本〉〈泣き本〉と呼ばれていたものに「人情本」の呼称がついた。

以下に『春色梅児誉美』の梗概を示す。

鎌倉恋が渕（江戸・新吉原）の遊女屋・唐琴屋の養子・丹次郎は養父母が亡くなると番頭・鬼兵衛の悪計で夏井家へ養子に出されるがまもなく破産。郊外の裏長屋に隠れ住み、貧しさと病気に苦しんでいた。丹次郎と恋仲だった元唐琴屋の内芸者・米八はその隠れ家を探しあて、丹次郎を励まし、元唐琴屋の花魁・此糸となじみの千葉家の武士・藤兵衛のはからいで深川芸者となり、丹次郎に貢ぐ。

一方、丹次郎の許婚・お長は丹次郎がいなくなって以来、鬼兵衛に言い寄られるのを苦に、此糸の手引きで家出。途中で駕籠かきに襲われそうになるのを江の島弁財天に参詣にきた髪結いのお由に救われる。そこへ来た米八との会話を聞き、お長は自分も貢ごうと女義太夫・竹蝶吉となって座敷に出るが、元唐琴屋の遣り手・お熊に客をとらされそうになるなど苦労をする。お由は過去に藤兵衛と恋仲だった。

丹次郎は芸者・仇吉と忍び逢うようになり、米八と仇吉が激しく張り合う。

藤兵衛は鎌倉家の家臣・本田次郎近常から捜索を依頼されていた同輩の榛沢六郎の落胤が丹次郎とわかる。お長は本田の落胤、お由と米八は姉妹と判明。丹次郎は榛沢家に迎えられ、お長を正妻に、米八を妾とする。お由と藤兵衛は夫婦に。此糸は花魁になる以前の情人・半次郎と夫婦に。みなめでたく「梅暦」の春を迎えた。

第十一講　滑稽本

―笑いと文学、江戸の旅について

1　滑稽本とは何か

遊里文学・洒落本が寛政改革のために途絶えた後、恋愛の「情」を描く人情本が誕生した。一方で洒落本の持っていた〝同時代小説〟〝大衆の風俗を、おかしみをもって写す〟の側面が求められた。滑稽本は、そうした時流のなかで成立したとみられる。滑稽本のルーツは平賀源内の談義本の作風（滑稽性）にある。そのため広義には談義本を前期滑稽本として含むと考えられる。

直接的なきっかけとなった作品は戯作者・蘭学者（幕府医官の子息として出生）で当時第一級の知識人として文芸サロンを主催したことが知られる万象亭が書いた洒落本『田舎芝居』（天明七年（一七八七））である。万象亭は暴露的な描写におちいるのではなく、滑稽を描くことが本来と主張して山東京伝と確執があった。

滑稽本の定義は、滑稽を目的とした内容の中本型の小説類。つまり、〈笑い〉の文学である。

その書式形態は会話を主とした。通常、会話文には大字が用いられ。地の文は小書が用いられた。ト書き（「ト」と受けて二行に割る）を用いて登場人物の行動や服装が叙述された。

「笑い」は「わかる」こと（共通の知）を前提として起こる。いうなれば滑稽本は最も〈知〉の文学といえる。

初期には「通」と「滑稽」は並存したが、文学の商業主義のために「通」の概念を捨て、「知」の基準を一般化（解放的、下品、万人向き）させた傾向がある。一般化した笑いとは、失敗譚、無知識、奇癖をとりあげたものである。

十返舎一九『道中膝栗毛』は一般化した「笑い」の水準を確立させた作品として、また式亭三馬『浮世風呂』および『浮世床』は庶民の社交場を舞台として滑稽に世相批判を描いた作品として滑稽本の二大代表作と位置付けられている。

2　十返舎一九と『道中膝栗毛』

■十返舎一九（じっぺんしゃ・いっく）（一七六五―一八三一）
駿府府中に生まれ、町奉行組同心の重田氏に養われる。幼名の市九本名は貞一。二十五歳（寛政元年（一七八九））の時、浄瑠璃『木下蔭間合戦』の合作者・近松余七として名が出る。

寛政五年（一七九三）、山東京伝の黄表紙に「一九画」としてその名が初めて登場する。

寛政六年に地本問屋・蔦屋重三郎の食客となり、寛政七年、『心学時計草』など三種の黄表紙（挿絵も自作）を蔦屋から刊行し、はじめて戯作者として認められる。

享和二年（一八〇二）から刊行した『道中膝栗毛』が好評となる。ほかに読本、洒落本、人情本、合巻のジャンルでも執筆し、総作品数五八〇種と多作である。

「十返舎」は一九が詳しかった香道の「十返り」から、「一九」は幼名の市九からというのがその名の由来という。

◇『道中膝栗毛』（享和二年（一八〇二）～文政五年（一八二二）刊）

文中の挿絵もほぼ一九の作。口絵や扉絵は豊国・歌麿ら絵師による。

『道中膝栗毛』は『東海道中膝栗毛』（発端および初編～八編　※巻により外題は微妙に異なる）と『続膝栗毛』（初編～十二編）の総称である。

一九は版元から旅費をもらい、調査旅行に出かけ、『東海道名所記』（浅井了意）『諸国道中記』『都名所図会』等の旅行案内書を手元に置いて書いたとみられる。読者には旅の経験者や描かれた土地の人々がいたと考えられている。

3　弥次喜多の旅　―東海道五十三次を歩く旅

江戸と京都を結ぶ主道路・東海道（ちなみに「五街道」はこの東海道と、中山道・甲州道・日光道・奥州街道をいう）は江戸の日本橋を起点として、京都三条に至るまでの百二十六里半。五十三次の旅は、東海道におかれた五十三の駅を行く旅である。

弥次喜多の二人は「初編」の小田原宿では初めて入った五右衛門風呂を壊して損料を支払い、「二編」の府中では川渡りで高値を取られる。「四編」の赤坂では狐に化かされ、「六編」では淀川を下るつもりが間違って乗船し伏見に逆戻りをしてしまう。
これらの旅における失敗はおそらく弥次喜多に限らず起こりうるものであり、それをデフォルメしたものだったと想像できる。

以下に「発端」の一部を掲げる。

今は井の内に鮎を汲む水道の水長とこしなへにして、土蔵造の白壁建つゞき、香の物桶、明俵あきだはら、破れ傘の置所まで、地主唯は通さぬ大江戸の繁昌、他国の目よりは、大道に金銀も蒔ちらしあるやうにおもはれ、何でもひと稼と心ざして出かけ来るもの、幾千万の数限りもなき其中に、生国は駿州府中、栃面屋とちめんや弥治郎兵衛やじろべいといふもの、親の代より相応の商人にして、百二百の小判には、何時でも困らぬほどの身代なりしが、安部川町の色酒にはまり、其上旅役者華水はなみづ多羅四郎たらしろうが抱かゝへの鼻之助といへるに打込、この道に孝行ものとて、黄金の釜を掘いだせし心地して悦び、戯気たはけのありたけを尽し、はては身代にまで途方もなき穴を掘明ほりあけて留度なく、尻の仕舞は若衆とふたり、尻に帆かけて府中の町を欠落かけをちするとて

借金は富士の山ほどあるゆへにそこで夜逃を駿河ものかな

（『東海道中膝栗毛』「発端」）

4　式亭三馬と『浮世風呂』『浮世床』

■式亭三馬（しきてい・さんば）（一七七八―一八二二）

版木師・菊地茂兵衛の長男として浅草田原町に生まれた。通称西宮太助。戯号は三馬のほか、遊戯堂、洒落斎など。

九歳から一七歳まで書肆・翫月堂に奉公する。その後も本屋や売薬店「式亭三馬店」などを営み、化粧品「江戸の水」を流行させた。

文筆では、一九歳で初めて黄表紙を著し、享和三年（一八〇三）には歌舞伎案内書『戯場訓蒙図彙（しばいきんもうずい）』なども刊行した。

文化三年（一八〇六）、合巻の最初とされる『雷太郎強悪物語』を刊行。滑稽本は『浮世風呂』『浮世床』（初編は文化一〇年（一八一三）刊）を代表作に他一四編ほど書き、滑稽本作者として後世に知られている。

◇『浮世風呂』（文化六年（一八〇九）～一〇年（一八一三）刊）

中本四編九冊。江戸庶民の社交場であった銭湯を舞台に、そこに登場する男女の動作・会話を克明に描写、世相や庶民生活の実態を浮き彫りにした作品。

以下に『浮世風呂』の冒頭部分を掲げる（難読語句等は原文に付されたルビをそのまま用いて（　）に示し、句読点を補った）。

浮世風呂大意

熟（つらつら）監（かんがみ）るに、銭湯ほど捷径（ちかみち）の教諭（をしへ）なるはなし。其故（そのゆゑ）如何となれば、賢愚邪正貧福貴賤（けんぐじやしやうひんふくきせん）、湯を浴（あびん）とて裸形（はだか）になるは、天地自然の道理、釈迦も孔子も於三（おさん）も権助も、産（うまれたまゝ）の容（すがた）にて、惜い欲（ほしい）も西の海、さらりと無欲の形なり。欲垢と梵悩と洗清（あらひきよめ）て浄湯（をかゆ）を浴（あび）れば、旦那さまも折助も、孰（どれ）が孰（どれ）やら一般（をなじ）裸体（はだかみ）。

是（これ）乃（すなはち）生れた時の産湯から死（しん）だ時の葬潅（ゆくわん）にて、暮（ゆふべ）に紅顔の酔客（なまゑひ）も、朝湯に醒的（しらふ）となるが如く、生死一重が嗚呼まゝならぬ哉。

されば仏嫌（ほとけぎらひ）の老人も風呂へ入れば吾（われ）しらず念仏をまうし、色好（いろごのみ）の壮夫（わかいもの）も裸になれば前をおさへて己から恥を知り、猛き武士（もゝのふ）の頸（あたま）から湯をかけられても、人込じやと堪忍をまもり、目に見えぬ鬼神（おにかみ）を隻腕（かたうで）に雕（ゑ）りたる侠客（ちうつはら）も、御免なさいと石榴口（ざくろぐち）に屈む（かゞむ）は銭湯の徳ならずや。

心ある人に私あれども、心なき湯に私なし。譬（たと）へば、人密（ひそかに）湯の中にて撒屁（おなら）をすれば、湯はぶくぶくと鳴（なり）て、忽ち泡を浮（う）かみ出いだす。嘗聞（かつてきく）、薮の中の矢二郎はしらず、湯の中の人として、湯のおもはくをも恥（はぢ）ざらめや。

惣（すべ）て銭湯に五常の道あり。湯を以て身を温め、垢を落し、病を治し、草臥（くたびれ）を休むるたぐひ則（すなはち）仁なり。

（前編巻之上）

第十二講　劇文学としての歌舞伎・浄瑠璃

―近松門左衛門の作品を中心に概観する

1　浄瑠璃とは何か

劇的な物語に節回しをつけて語る「語り物」の芸能の総称である。世相と人情を活写して一八世紀半ばに全盛期を迎えた。

浄瑠璃の起源は平安時代から活躍し、社寺縁起や民間伝承、琵琶を弾きながら軍記物語を語る琵琶法師にある。

2　浄瑠璃のルーツから古浄瑠璃時代

◇『浄瑠璃姫物語』（文明七年（一四七五）以前に都で語られていたと判っている）

『浄瑠璃御前物語』『十二段草子』ともいわれる。

「浄瑠璃」の名称由来となった作品。牛若丸が奥州下向の途中、三河の国矢矧の長者の娘・浄瑠璃姫と一夜の恋をする物語である。一五世紀から琵琶の伴奏で語られた。三十数種の異本の存在からも爆発的な人気が伝わる。成立の研究や諸本の翻刻などが現代まで続く。

永禄期（一五五八～一五七〇）になると大陸から渡来した三味線楽器が琵琶に代わって浄瑠璃の伴奏となった。

慶長期（一五九六〜一六一五）では、中国から渡来した散楽（さんがく・曲芸、奇術、滑稽な物真似などの演技）を起源とする人形操りの芸能集団「傀儡師」（かいらいし・くぐつ）の活動が都市芸能に定着し、この〈操り芝居〉が三味線を伴奏とした〈浄瑠璃〉と結びついて「人形浄瑠璃」が成立、発展した。

三味線を得た浄瑠璃は各地で様々工夫され、多くの流派（江戸：薩摩浄雲・金平節、大坂：播磨節、京都：嘉太夫節）を生んだ。

貞享元年（一六八四）の義太夫節誕生までを古浄瑠璃時代と呼ぶ。

3　義太夫節の誕生

■竹本義太夫（たけもと・ぎだゆう）（一六五一―一七一四）

義太夫節の創始者。天和三年（一六八三）に近松門左衛門作『世継曾我』を上演して好評を得た京都の宇治加賀之掾（一六三五―一七一一）の一座にいたが、貞享元年に大坂道頓堀に竹本座を創設した。

近松門左衛門作『出世景清』（貞享二年（一六八五））が従来の現実から離れた内容と違って人間的なドラマを描いており、従来の浄瑠璃と一線を画したことから、それまでの浄瑠璃を古浄瑠璃、以後を当流浄瑠璃、新浄瑠璃と区別する。

そこで竹本義太夫が創始した浄瑠璃を義太夫節と呼ぶ。竹本座では近松との提携が定着、数多くの名作が生まれた。

この義太夫節が人形芝居と提携した劇音楽となり、今日まで文楽の音楽として親しまれている。

人形浄瑠璃で好評だった作品は歌舞伎が摂取。そうした作品を「丸本物」という。

4　近松門左衛門とその作品

■近松門左衛門（一六五三―一七二四）

先祖は京都の公家・三条実次。越前藩主・松平忠昌・昌親に仕えた杉森信義の次男として越前（福井）に生まれた。本名は杉森信盛。幼名は次郎吉、通称は平馬。

一九歳の頃、父が浪人となり一家で京都へ移住。近松は公家方に仕えるうち、古典の教養と宇治加賀掾の浄瑠璃に接触し、作者を志したと推測されている。

延宝五年（一六七七）頃には加賀掾のもとで修行。竹本座を興した竹本義太夫のために書いた『出世景清』が浄瑠璃史を新・古に分かつ作品となった。

元禄時代以前の歌舞伎では俳優が作者を兼ねていたところ、近松が元禄六年（一六九三）に都万太夫座へ『仏母摩耶山開帳』を提供したのをきっかけに、初代坂田藤十郎が主演をする作品を書き下して大評判となり、歌舞伎作者として活躍する。これ以降、歌舞伎では作者の専門化が進んだ。

元禄一六年（一七〇三）、近松は再び負債に苦しんでいた竹本座に最初の世話浄瑠璃『曾根崎心中』を書き、負債が返済できるほどの大好評となった。以後、義太夫から竹田出雲へ座元が交替した竹本座の専属作者に迎えられ、浄瑠璃の執筆に専念し、『けいせい反魂香』（一七〇八）、『冥途の飛脚』（一七一一）、『国姓爺合戦』（一七一五）、『女殺油地獄』（一七二一）など、多くの名作を世に送り出した。

5　浄瑠璃から歌舞伎化された三大名作

◇『菅原伝授手習鑑』（延享三年（一七四六）八月初演）

菅原道真（菅丞相）が失脚し、大宰府に左遷された史実が題材。斎世親王と道真の娘・苅屋姫が恋仲になったことから藤原時平（しへい）に謀反を言い立てられ、無実の罪で道真は筑紫に流罪となる。護送中に命を狙われた道真がその姿を刻んだ木像の身替りに助けられる奇跡と苅屋姫との親子の別れ、恋の仲介をした舎人桜丸の切腹、時平側でありながら旧恩に報いるため我が子を身代りに死なせた松王丸の悲劇（「寺子屋」の段）などが名場面。壮大で緊密な構想をもつ。

◇『義経千本桜』（延享四年（一七四七）一一月初演）

兄・源頼朝に追討される身となった源義経を軸に、没落した平家の武将たちの物語が展開。大物浦の船宿の主人・渡海屋銀平に身をやつした平知盛は、安徳帝を匿いつつ平家再興の機を待つ。そこへ九州へ渡ろうとした義経一行が来合せ、海上で討つつもりが失敗、安徳帝を義経に託して壮絶に入水する。吉野の鮨屋弥左衛門に匿われていた平維盛は、その倅の小悪党・いがみの権太の犠牲に救われる。吉野の川連法眼館に身を潜める義経のもとへ現れた家臣・佐藤忠信が、義経の愛妾・静御前の持つ初音鼓の皮となった狐の子であると判り、忠義と愛情に心打たれた義経が鼓を狐の忠信に渡すと、夜襲を知らせる。

◇『仮名手本忠臣蔵』（寛延元年（一七四八）八月初演）

元禄一四年（一七〇一）に江戸城内で浅野匠頭長矩が吉良上野介義央を斬りつけた事件を発端に、翌年一二月一四日、家老・大石内蔵助を筆頭に四十七人の赤穂浪士が吉良邸に討ち入った「元禄赤穂事件」の史実を劇化したもの。時代背景や登場人物名、舞台は『太平記』に借りるなど脚色がほどこされた。上演のたびに大入りの人気作。歌舞伎化のほか様々な脚色が続くが、劇化最初にして集大成といえる。

6　劇文学としての歌舞伎

劇文学としての歌舞伎というとき、対象となるのは戯曲となるが、「出雲のお国」

によってはじめられたとされる初期歌舞伎は踊りと音楽、単純な寸劇から構成されていた。続いて流行した遊女歌舞伎、若衆歌舞伎の時代も、絵画資料から見るかぎり、中心はやはり踊りと音楽だった。成年男性による野郎歌舞伎となったのち、年齢性別の様々な役柄がある複雑な筋をもった演劇と変化した。

元禄期には、江戸で初代市川團十郎が荒事を創始し、上方では初代坂田藤十郎が近松門左衛門の作品提供をうけて和事を確立した頃には、特色のある演技術、演出方法が成されていき、そして戯曲が書かれたのである。

前項に示したように、浄瑠璃から歌舞伎化された作品の上演があるなど、江戸中期からは人形浄瑠璃から書き替えた義太夫狂言のレパートリーが蓄積されたのである。江戸後期となり、文化文政期になると四世鶴屋南北がいくつかの「世界」を綯交ぜにする手法を用いて市井の人々の社会を写した生世話物作品を書き、『東海道四谷怪談』(一八二五)など刺激の強い怪奇的作品が爛熟した世相を生きる庶民に支持された。

幕末では盗賊が活躍する白浪物を得意とした河竹默阿弥が、歌舞伎史のなかで培われた様々な手法と美学を集大成し、「江戸歌舞伎の大問屋」と称される活躍をした。

歌舞伎狂言作者たちは「文人で文人にあらず」（三升屋二三治『作者年中行事』）がその心得とされた。だが、近世文学研究の対象としてその価値は高い。

第十三講　舌耕文芸

——講談・落語の成立とその文芸性を考える

1　落語の起源と噺本

戦国大名が見聞を広め、また慰みの話し相手として抱えた御伽衆の存在が落語の起源とされる。

御伽衆の話の内容は滑稽な話のほか、奇談・怪談・武将の逸話等。それら御伽衆の話を筆録したものが噺本（はなしぼん）である。咄本とも表記される。

咄本の判型は半紙本（半紙二つ折り大）や小本（約一六×一二センチ大）など様々ある。

◇『戯言養気集（ぎげんようきしゅう）』（慶長期（一五九六〜一六一五）頃）

最古の噺本とみられる。武将の逸話と笑い話からなる。

◇『きのふはけふの物語』（元和〜寛永期（一六一五〜一六四四）頃）

落語の原話とおぼしきものも含まれる、落語の祖型的。

◇『醒睡笑』（元和九年（一六二三）序文・寛永五年（一六二八）跋文）

八巻。先行の噺本より洗練され、現行落語の母体とみられる笑い話が集まる（例・「子ほめ」「寝床」「てれすこ」）。

2 「落語の祖」安楽庵策伝

■安楽庵策伝（あんらくあん・さくでん）（一五五四―一六六二）

「落語の祖」。豊臣秀吉の御伽衆として有名な曽呂利新左衛門とともに話をした名手と伝わる。

安楽庵は晩年に営んだ茶室の名であり、醒翁・然空・寛励和尚などと称した。浄土宗・誓願寺の高僧だった策伝は、説教の種本として笑い話を書き留めていた。京都所司代・板倉重宗に請われて話した内容をまとめ著したのが咄本『醒睡笑』（元和九年（一六二三）に成り、寛永五年（一六二八）、重宗へ贈ったとされる）である。

ころハいつ、元和九癸和の稔、天下泰平人民豊楽の折から、策伝某小僧の時より、耳にふれておもしろくおかしかりつる事を、反故の端にとめ置たり。是年七十にて、誓願寺乾のすみに隠居し、安楽庵といふ。柴の扉の明暮、心をやすむるひまひま、こしかたしるせし筆の跡をミれハ、をのつから睡をさましてわらふ。さるまゝにや、是を醒睡笑と名付、かたハらいたき草紙を、八巻となして残すのみ。

（『醒睡笑』序文）

3　辻噺・座敷噺と三都における「落語家の祖」

五代将軍・綱吉の治世（天和・貞享・元禄）頃、三都（京・大坂・江戸）に不特定多数の聴衆を相手に話をする芸能者が現われた。下記の三者それぞれを「落語家の祖」としている。

◆京・露の五郎兵衛（つゆの・ごろべい）（一六四三―一七〇三）

天満宮などで聴衆から代を取って軽口噺を演じた（辻噺）。噺本に『軽口露がはなし』（元禄四年（一六九一））『露新軽口はなし』（一六九八）など。

◆大坂・米沢彦八（よねざわ・ひこはち）（生没年不詳）

生玉神社境内などで身ぶりを交えた「当世仕方物真似」とした軽口噺興行が評判となった。噺本に『軽口御前男』（元禄一六年（一七〇三））など。

◆江戸・鹿野武左衛門（しかの・ぶざえもん）（一六四九―一六九九）

武家や町家に招かれて話の披講をした（座敷噺）。江戸中橋広小路などでは辻噺も。噺本に『鹿野武左衛門口伝はなし』（一六八三）、元禄六年に一話の問題で武左衛門が遠島処罰（武左衛門の処罰をきっかけに噺の流行がしばらく途絶えた）を受けた『鹿の巻筆』（貞享三年（一六八六））など。

4　烏亭焉馬と噺の会

天明・寛政期頃は狂歌狂文の盛行とそれを披講し合う会がよく行われていた。明和・安永期頃には、俳諧・狂歌・雑排など洒落を旨とした文芸の流行を背景に東西で素人による噺の創作が盛んとなった。

そうした江戸中期に流行した文芸サロンが舌耕文芸の展開とも重要なつながりをもつのである。

■烏亭焉馬（うてい・えんば）（一七四三―一八二二）

「落語中興の祖」と呼ばれ、「噺の会」の中心的存在だった人物。町大工の棟梁にして狂歌師、戯作者、五代目市川團十郎の有力後援者としても知られた。

天明六年（一七八六）四月、向島で初めて落し噺の会を催して好評を博し、噺の会が定例化した。この会から、三遊亭圓生、三笑亭可楽（三題噺の祖。弟子に「怪談噺の祖」林家庄蔵ら）、朝寝坊むらく、立川金馬など今日につながる落語の専門職業人が輩出された。

浄瑠璃作品に『碁盤太平記白石噺』（安永九年（一七八〇））、噺本に『喜美談語』（寛政八年（一七九六））『詞葉の花』などがある。

5 講談の発生と発展

講談は近代以降の呼称である。それまでは講釈といった。軍談・物語・記録などを読み、講義するものをいう。講釈の源流は『太平記』など軍記物語などを、古典文学作品の内容を、解釈を交え、わかりやすく読み聞かせる「太平記読み」だった。そのため、現在でも講釈を演じることは「よむ」というのである。

■深井志道軒（ふかい・しどうけん）（一七一八―一七五八）
江戸浅草観音堂脇で世相批判をし、人気を得ていた。（平賀源内が『風流志道軒伝』（一七六三）を著したほど）

■馬場文耕（ばば・ぶんこう）（一七一八―一七五八）
講談の娯楽化に大きな役割を果たすも、政治批判的な内容を扱うとして処刑された。

文政から天保期頃（一八四一～一八四四）には興行の専門施設が増え始め（文政末期の寄席の数は講談・落語の寄席を合わせて一二五軒を数える）、天保改革で一時期は激減したが、幕末になり、安政二年（一八五五）には講談の席が二二〇軒、落語の席が一七二軒あったという。

近世日本文学史　略年表

西暦	年号	文学記事	一般事項
一六〇三	慶長八		江戸開府、出雲お国歌舞伎踊り始
一六〇四	慶長九		
一六〇五	慶長一〇		
一六〇六	慶長一一		
一六〇七	慶長一二		
一六〇八	慶長一三		
一六〇九	慶長一四		
一六一〇	慶長一五		
一六一一	慶長一六		
一六一二	慶長一七		キリスト教禁止
一六一三	慶長一八		大坂冬の陣
一六一四	慶長一九		大坂夏の陣
一六一五	元和一	『伊曽保物語』古活字版刊	武家諸法度制定、大坂夏の陣
一六一六	元和二		欧州船寄港を制限
一六一七	元和三		
一六一八	元和四		吉原遊廓始

一六一九	元和五		
一六二〇	元和六		
一六二一	元和七		
一六二二	元和八	富山道治『竹斎』、大久保忠教『三河物語』	
一六二三	元和九	安楽庵策伝『醒睡笑』成	
一六二四	寛永一	『きのふはけふの物語』、『浄瑠璃十二段』古活字本成	
一六二五	寛永二	小瀬甫庵『太閤記』	
一六二六	寛永三		
一六二七	寛永四		古活字版から整版移行の頃
一六二八	寛永五		百姓の衣類を木綿に限定
一六二九	寛永六	林羅山『春鑑抄』	女歌舞伎・女舞禁止
一六三〇	寛永七		
一六三一	寛永八	細川幽斎『百人一首抄』	
一六三二	寛永九	斎藤徳元『尤之双紙』	
一六三三	寛永一〇	松江重頼『犬子集』、野々口立甫『誹諧発句帳』	
一六三四	寛永一一		長崎出島完成
一六三五	寛永一二	『七人比丘尼』	参勤交代制確立、島原遊郭完成

西暦	年号	文学記事	一般事項
一六三六	寛永一三	松永貞徳『貞徳百首狂歌』、立甫『はなひ草』	
一六三七	寛永一四	『女訓抄』、『本草綱目』、立圃『追善九百韻』、重頼『毛吹草』	島原の乱
一六三八	寛永一五	朝山意林庵『清水物語』、羅山『丙辰紀行』	
一六三九	寛永一六	『切支丹物語』、『仁勢物語』	
一六四〇	寛永一七	三浦為春『あだ物語』	
一六四一	寛永一八	『そぞろ物語』	鎖国完成
一六四二	寛永一九	如儡子『可笑記』、西武『鷹筑波』、『あづま物語』	
一六四三	寛永二〇	松永貞徳『新増犬筑波集』	
一六四四	正保一	貞徳『天水抄』	
一六四五	正保二	重頼『毛吹草』	
一六四六	正保三	貞室『氷室守』	
一六四七	正保四	中江藤樹『鑑草』	
一六四八	慶安一	北村季吟『山之井』	
一六四九	慶安二	木下長嘯子『挙白集』、石田未得『吾吟我集』、『島原記』	
一六五〇	慶安三	整版『大坂物語』	

一六五一	慶安四	貞徳『御傘』	慶安事件
一六五二	承応一	貞徳『徒然草慰草』	若衆歌舞伎禁止
一六五三	承応二	季吟『大和物語抄』、西山宗因『津山紀行』	
一六五四	承応三	日心『紀物語』	
一六五五	明暦一	季吟『仮名烈女伝』、貞徳『紅梅千句』	
一六五六	明暦二	藤本箕山『まさりぐさ』、季吟『誹諧埋木』、貞室編『玉海集』	
一六五七	明暦三	元鱗『他我身之上』	江戸大火、新吉原成
一六五八	万治一	浅井了意『東海道名所記』	金平浄瑠璃流行
一六五九	万治二	了意『堪忍記』、中川喜運『私可多咄』	
一六六〇	万治三	了意『可笑記評判』『孝行物語』、季吟『新続犬筑波集』、辻原元甫『知恵鑑』、重頼『懐子』	
一六六一	寛文一	了意『本朝女鑑』『むさしあぶみ』『浮世物語』、鈴木正三『因果物語』	
一六六二	寛文二	了意『江戸名所記』、林鵞峯『羅山先生詩文集』	
一六六三	寛文三	季吟『伊勢物語拾穂抄』、了意『かなめいし』、『楊貴妃物語』、『公平生捕物語』	三都に飛脚問屋できる
一六六四	寛文四	重頼『佐夜中山集』、中村宗三『糸竹初心集』	

西暦	年号	文学記事	一般事項
一六六五	寛文五	了意『京雀』、『大和二十四孝』	
一六六六	寛文六	了意『御伽婢子』、生白堂行風『古今夷曲集』	
一六六七	寛文七		
一六六八	寛文八	『一休ばなし』、黒沢弘忠『本朝烈女伝』	井伊直弼大老に
一六六九	寛文九	烏丸光広『黄葉和歌集』、『中将姫御本地』、『勧学院物語』	
一六七〇	寛文一〇	下河辺長流『林葉累塵集』	
一六七一	寛文一一	以仙『落花集』	
一六七二	寛文一二	冷泉政為『碧玉集』、『小倉山百人一首』、松尾芭蕉『貝おほひ』、『続大和順礼集』、了意『狂歌咄』、高野幽山『和歌名所追考』	
一六七三	延宝一	井原西鶴『生玉万句』、季吟『湖月抄』成	
一六七四	延宝二	西山宗因『蚊柱百句』、季吟『枕草子春曙抄』成	
一六七五	延宝三	宗因『大坂独吟集』、西鶴『独吟一日千句』、田代松意『談林十百韻』、伊藤信徳『信徳十百韻』、菅野谷高政『誹諧絵合』、『をぐり判官』	
一六七六	延宝四	高瀬梅盛『類船集』、西鶴『大句数』、旨恕『草枕』、松意『談林三百韻』	

一六七七	延宝五	宗因ら『宗因七百韻』、常矩『蛇之助五百韻』、西鶴『西鶴俳諧大句数』、高政『後集絵合千百韵』、『江戸雀』	
一六七八	延宝六	藤本箕山『色道大鏡』（初撰本）、西鶴『物種集』、信徳『江戸三吟』『京三吟』、芭蕉『桃青三百韻』、高野幽山『江戸八百韻』、岡村不卜『江戸広小路』、池西言水編『江戸新道』、松意『幕づくし』	
一六七九	延宝七	旨恕『わたし船』、高政『誹諧中庸姿』、中嶋随流『誹諧破邪顕正』、松意『夢助』、椎本才麿編『坂東太郎』、三千風『仙台大矢数』	
一六八〇	延宝八	野本道元『杉楊枝』、惟中『誹諧破邪顕正返答』、以仙『大坂八百韵』、重頼『名取川』、不卜『向之岡』、高政『是天道』、言水編『江戸弁慶』、松意『談林軒端の独活』、幽山『誹枕』、杉山杉風『常盤屋之句合』、榎本其角『田舎之句合』、山雲子『軽口大わらひ』、『元のもくあみ物語』	
一六八一	天和一	西鶴『西鶴大矢数』、高政『ほのぼの立』、言水編『東日記』、芭蕉『俳諧次韻』	
一六八二	天和二	西鶴『好色一代男』、『貞徳狂歌集』、季吟『八代集抄』、了意『新語園』、池西言水『後様姿』	江戸で八百屋お七火事

西暦	年号	文学記事	一般事項
一六八三	天和三	惟中『一時随筆』、其角編『虚栗』、近松門左衛門『世継曽我』、西鶴『難波のかおは伊勢の白粉』、鹿野武左衛門『武左衛門口伝咄』、季吟『万葉集拾穂抄』	
一六八四	貞享一	西鶴『諸艶大鑑』、(芭蕉『野ざらし紀行』)、『夕霧七年忌』	竹本座創始
一六八五	貞享二	西鶴『西鶴諸国ばなし』『椀久一世の物語』、近松『出世景清』	生類憐みの令
一六八六	貞享三	西鶴『好色五人女』『好色一代女』『本朝二十不孝』、季吟『万葉拾穂抄』、武左衛門『鹿の巻筆』	
一六八七	貞享四	契沖『万葉代匠記』初稿本成、西鶴『男色大鑑』『武道伝来記』『懐硯』、言水『京日記』、芭蕉『甲子吟行』成、其角『続虚栗』『吉原源氏五十四君』	
一六八八	元禄一	西鶴『日本永代蔵』『武家義理物語』、了意『賞花吟』、服部嵐雪『若水』、不卜『続の原』、近松『十二段』	芭蕉・更科紀行の旅
一六八九	元禄二	荷兮『曠野』、言水『前後園』、西鶴『一目玉鉾』『本朝桜陰比事』、石川俊之『江戸総鹿子』	芭蕉・おくのほそ道の旅
一六九〇	元禄三	契沖『万葉代匠記』精選本成、言水『新撰都曲』、上島鬼貫撰『大悟物狂』、其角『花摘』『誰が家』、嵐雪『其袋』、残寿『死霊解脱物語』	

一六九一	元禄四	向井去来・野沢凡兆編『猿蓑』、堀江林鴻『京羽二重』、青木鷺水『こんな事』、信徳『誹諧五の戯言』、露の五郎兵衛『露がはなし』	
一六九二	元禄五	西鶴『世間胸算用』、支考『葛の松原』、了意『狗張子』、随流『貞徳永代記』、鷺水『春の物』、信徳『胡蝶判官』『裃姿』、其角『雑談集』、水間沾徳編『俳林一字幽蘭集』、富永平兵衛『娘孝行記』『鹿島之要石』	
一六九三	元禄六	西鶴『西鶴置土産』、林鴻『あらむつかし』、平兵衛『丹波与作手綱帯』『心中八島』、近松『仏母麻耶山開帳』	
一六九四	元禄七	志田野坡ら『炭俵』、其角『彼尾花』、西鶴『西鶴織留』、夜食時分『好色万金丹』、信徳『雛形』、芭蕉『おくのほそ道』、嵐雪『或時集』、子珊『別座鋪』、平兵衛『武道ノ達者』『業平河内通』	
一六九五	元禄八	支考『笈日記』、鷺水『俳諧寄垣諸抄大成』、嵐雪『若菜集』、近松『けいせい阿波のなると』	
一六九六	元禄九	西鶴『万の文反古』、平兵衛『熊野山開帳』	
一六九七	元禄一〇	菊本賀保『国花万葉記』、鷺水『誹諧指南大全』『談林良材集』、其角『末若葉』	

西暦	年号	文学記事	一般事項
一六九八	元禄一一	西沢一風『新色五巻書』、鷺水『誹諧大成しんしき』『丹前艶男』、服部沾圃ら『続猿蓑』、其角『焦尾琴』、近松『当流小栗判官』『一心二河白道』	
一六九九	元禄一二	古今新左衛門『はやり歌古今集』、江島其磧『役者口三味線』、近松『曽我五人兄弟』『けいせい仏の原』	
一七〇〇	元禄一三	戸田茂睡『梨本集』、一風『御前義経記』、鷺水『三才節用集』、言水『続都曲』、杉風『冬かつら』、其角『三上吟』	
一七〇一	元禄一四	其磧『けいせい色三味線』、嵐雪『杜撰集』、沾徳『文蓬莱』、錦文流『国仙野手柄日記』	浅野長矩刃傷事件
一七〇二	元禄一五	都の錦『元禄曽我物語』、一風『女大名丹前能』、轍士『花見車』、鷺水『若えびす』、言水『一字之題』、近松『けいせい壬生大念仏』、文流『傾城八花形』	赤穂浪士討入
一七〇三	元禄一六	秀松軒『松の葉』、夜食時分『好色敗毒散』、都の錦『風流源氏物語』、近松『曾根崎心中』『長明寺殿百人上臈』、市河団十郎『成田山分身不動』	豊竹座創立
一七〇四	宝永一	大木扇『落葉集』、杉風『木曽の谷』、書方軒『心中大鑑』、近松『薩摩歌』、文流『高名大福帳』『男色賀茂侍』	

一七〇五	宝永二	錦文流『棠大門屋敷』、其磧『傾城連三味線』、一風『傾城武道桜』、福富言粋『長者機嫌袋』、嵐雪『その浜ゆふ』、沾徳『余花千句』『橋南』、近松『用明天王職人鑑』	
一七〇六	宝永三	其磧『風流曲三味線』、許六『本朝文選』、一風『伊達髪五人男』、文流『当世乙女織』『熊谷女編笠』、鷺水『御伽百物語』、近松『心中二枚絵草紙』	
一七〇七	宝永四	北条団水『昼夜用心記』、鷺水『近代因果物語』、言水編『我身皺』、近松『五十年忌歌念仏』『堀川波鼓』『心中重井筒』、仁斎『童子問』	富士山噴火
一七〇八	宝永五	一風『野傾友三味線』、団水『野傾友三味線』、鷺水『本朝新堪忍記』、松木淡々『其角一周忌』、益軒『大和俗訓』、近松『丹波与作待夜の小室節』『けいせい反魂香』『心中万年草』	
一七〇九	宝永六	芭蕉『笈の小文』、月尋堂『子孫大黒柱』『今様二十四孝』、鷺水『新玉櫛笥』、言水『京拾遺』、近松『心中刃は氷の朔』、室鳩巣『赤穂義人録』成、紀伝『大日本史』成	
一七一〇	宝永七	一風『傾城伽羅三味線』、其磧『傾城伝受紙子』、湯漬翫水『御入部伽羅女』、近松『心中万年草』『碁盤太平記』、紀海音『椀久末松山』『難波橋心中』	

西暦	年号	文学記事	一般事項
一七一一	正徳一	其磧『傾城禁短気』『寛闊役者片気』、沾徳『枝葉集』、近松『冥途の飛脚』、紀海音『今宮の心中』	
一七一二	正徳二	寺島良安『和漢三才図会』成、其磧『野傾旅葛籠』『魂胆色遊懐男』、近松『夕霧阿波鳴渡』『長町女腹切』	
一七一三	正徳三	其磧『鎌倉武家鑑』『渡世商軍談』『諸分床軍談』、近松『天神記』、紀海音『傾城三度笠』『信田森女占』	
一七一四	正徳四	近松『相模入道千匹犬』、東三八『丹州女敵討』	
一七一五	正徳五	其磧『世間子息気質』、松木淡々『十友館』、近松『国性爺合戦』『生玉心中』『大経師昔暦』、文流『心中恋の中道』、紀海音『平安城細石』	
一七一六	享保一	一風『今源氏空船』、紀海音『鎌倉三代記』『新版兵庫の築島』	吉宗・享保改革始
一七一七	享保二	其磧『世間娘気質』、言水『初心もと柏』、淡々『にはくなぶり』、近松『鑓の権三重帷子』『国性爺後日合戦』、紀海音『傾城国性爺』	大岡越前守が江戸町奉行に
一七一八	享保三	一風『乱脛三本槌』、鬼貫『独ごと』、才麿編『千葉集』、紀海音『鎌倉三代記』、近松『曽我会稽山』『山崎与次兵衛寿の門松』『博多小女郎波枕』	

一七一九	享保四	支考『俳諧十論』、鈴鹿知石『野馬台集』、近松『平家女護島』、紀海音『三勝半七二十五年忌』、文流『熊野権現烏牛王』	
一七二〇	享保五	其磧『浮世親仁形気』、近松『心中天の網島』『井筒業平河内通』、伊藤仁斎『孟子古義』	
一七二一	享保六	文流『徒然時勢化粧』、沾徳『後余花千二百句』、近松『女殺油地獄』『津国女夫池』『信州川中島合戦』、海音『三輪丹前能』	江戸で大火
一七二二	享保七	近松『心中宵庚申』、紀海音『心中二ツ腹帯』『大友皇子玉座靴』	書籍出版取締令
一七二三	享保八	竹大出雲『大塔宮あさひの鎧』、海音『傾城無間鐘』	心中文芸禁止
一七二四	享保九	近松『関八州繋馬』、竹田出雲『右大将鎌倉実記』、服部南郭『唐詩選』	
一七二五	享保一〇	春満『万葉集僻案抄』、柳沢淇園『独寝』、出雲『出世握虎稚物語』	
一七二六	享保一一	一風『北条時頼記』	
一七二七	享保一二	鬼貫『仏兄七久留万』（自序）、一風『今様操年代記』、撃鉦先生『両巴巵言』、並木宗輔『摂津国長柄人柱』『清和源氏十五段』、出雲『七小町』	

西暦	年号	文学記事	一般事項
一七二八	享保一三	撃鉦先生『両巴巵言』、奥村源六『金の揮』	
一七二九	享保一四	鯛屋貞柳『狂歌家土産』	
一七三〇	享保一五	淡々『かみの苗』、遊戯堂主人『史林残花』、宗輔『蒲冠者藤戸合戦』	
一七三一	享保一六	文耕堂ら『鬼一法眼三略巻』、二世津打治兵衛『大角力藤戸源氏』	
一七三二	享保一七	鳩巣『駿台雑話』成、文耕堂ら『壇浦兜軍記』、宗輔『忠臣金短冊』	江戸で豊後節流行
一七三三	享保一八	文耕堂『車還合戦桜』、宗輔・丈輔『莠伶人吾妻雛形』	
一七三四	享保一九	知石編『糸柳』、出雲『蘆屋道満大内鑑』、宗輔・丈輔『那須与市西海硯』、文耕堂『応神天皇八白幡』	
一七三五	享保二〇	新井白石『折たく柴の記』成、宗輔・丈輔『苅萱桑門筑紫いえづと』	
一七三六	元文一		
一七三七	元文二	文耕堂・三好松洛『赤松円心緑陣幕』『敵討襤褸錦』、宗輔『和田合戦女舞鶴』	

一七三八	元文三	三木貞成『難波土産』、庄司又左衛門勝富『洞房語園』、文耕堂・松洛『御所桜堀川夜討』、宗輔『釜淵双級巴』、二世津打治兵衛『宝曽我女護島台』、千前軒ら『小栗判官車街道』	
一七三九	元文四	多田南嶺『武勇双級巴』、文耕堂ら『ひらがな盛衰記』	
一七四〇	元文五	柏筵『老の楽』、『徂徠集』	
一七四一	寛保一	『荷田在満家歌合』成、宗輔『鶊山姫捨松』、文耕堂・松洛・小川半平・小出雲『新うすゆき物語』、為永太郎兵衛『播州皿屋敷』	
一七四二	寛保二	在満『国歌八論』、南嶺『女非人綴錦』、富天ら『淡々文集』、出雲『男作五雁金』、『雷神不動北山桜』	
一七四三	寛保三	岡白駒『小説精言』、南嶺『鎌倉諸芸袖日記』	
一七四四	延享一	出雲『児源氏道中軍記』、為永太郎兵衛『潤色江戸紫』	
一七四五	延享二	(蕪村『北寿老仙をいたむ』)、千柳・松洛『夏祭浪花鑑』、文輔・松屋来助『昔形吉岡染』	
一七四六	延享三	宗武『歌体約言』、出雲ら『菅原伝授手習鑑』	
一七四七	延享四	(探花亭主人)『百花評林』、大島蓼太編『皆白妙』、小栗旨原編・其角『五元集』、二世竹田出雲・松洛ら『義経千本桜』	

西暦	年号	文学記事	一般事項
一七四八	寛延一	宗輔・二世出雲・松洛『仮名手本忠臣蔵』、丈輔・浅田一鳥ら『容競出入湊』『東鑑御狩巻』『摂州渡辺橋供養』	
一七四九	寛延二	都賀庭鐘『英草紙』、千柳・松洛ら『仮名手本忠臣蔵』、二世出雲・松洛ら『双蝶々曲輪日記』『粟島譜嫁入雛形』、丈輔・一鳥ら『八重霞浪花浜荻』『物ぐさ太郎』	
一七五〇	寛延三	松洛ら『双蝶々曲輪日記』『粟島譜嫁入雛形』、丈輔・一鳥ら『八重霞浪花浜荻』『物ぐさ太郎』、壕越二三治『初雪伶人袖』	
一七五一	宝暦一	宗瑞ら『続五色墨』、宗輔ら『一谷嫩軍記』、二三治『本領鉢木染』	
一七五二	宝暦二	南嶺『世間母親容気』、静観房好阿『当世下手談義』、単朴『教訓雑長持』	
一七五三	宝暦三	白駒『小説奇言』、蓼太ら『続百番句合』『金平百韻』、好阿『教訓続下手談義』、並木正三『けいせい天羽衣』『幼稚子敵討』、二三治『冠競和黒主』、藤本斗文『男達初買曽我』、『京鹿子娘道成寺』	

一七五四	宝暦四	平瀬徹斎『日本山海名物図絵』、正三『道中千貫樋』、斗文『梅若菜二葉曽我』
一七五五	宝暦五	庭鐘訳刊『開巻一笑』、皆阿『花菖蒲待乳問答』、正三『道中千貫樋』、二三治『珍敷江南橋』
一七五六	宝暦六	蓼太編『古茄子』
一七五七	宝暦七	『川柳評万句合』、岡島冠山『通俗忠義水滸伝』、『聖遊廓』、外山翁『浪花色八卦』同編『耳勝手』、沢田東江『異素六帖』、蓼太『髭箒』『唐詩三物』、正三『天竺徳兵衛聞書往来』、近松半二ら『姫小松子日の遊』『薩摩歌妓鑑』
一七五八	宝暦八	真淵『源氏物語新釈』、沢田一斎『小説粋言』、正三『三十石艠始』、『聖徳太子職人鑑』、半二ら『敵討崇禅寺馬場』、
一七五九	宝暦九	正三『大坂神事揃』、小出雲・半二ら『日高川入相花王』『太平記菊水之巻』、二三治『薑市顔鏡祭』
一七六〇	宝暦一〇	半二ら『極彩色娘扇』、金井三笑『曽我万年柱』
一七六一	宝暦一一	蓼太『七部捜』、半二ら『由良湊千軒長者』、三笑『江戸紫根元曽我』、治助『助六由縁江戸桜』

西暦	年号	文学記事	一般事項
一七六二	宝暦一二	谷川士清『日本書紀通証』永井堂亀友『風流虫合戦』、蓼太『俳諧無門関』『芙蓉文集』、近松半二ら『奥州安達原』、三笑『曽我贔屓二本桜』	
一七六三	宝暦一三	宣長『石上私淑言』、亀友『風俗俳人気質』、庭鐘『医王耆婆伝』『漢国狂詩選』、平賀源内『物類品隲』『根南志具佐』『風流志道軒伝』、三笑『百千鳥大磯通』	
一七六四	明和一	近松半二ら『奥州安達原』	
一七六五	明和二	呉陵軒可有ら『誹風柳多留初編』刊行始、半二ら『蘭奢待新田系図』『姻袖鏡』、三笑『色上戸三組曽我』『降積花二代源氏』	オランダ船から金・銀銭輸入
一七六六	明和三	庭鐘『繁夜話』、上田秋成『諸道聴耳世間猿』、半二ら『本朝廿四孝』『太平記忠臣講釈』	
一七六七	明和四	秋成『世間妾形気』、太田南畝『寝惚先生文集』、正三『石川五右衛門一代噺』、半二・三世出雲ら『関取千両幟』『三日太平記』、桜田治助・奥野馬朝『真田与市磐土産』	
一七六八	明和五	建部綾足『西山物語』、秋成『雨月物語』成、北壺游	

		『湘中八雄伝』、東江『古今吉原大全』、『三都学士評林（三ヶ津学者評判記）』、半二ら『傾城阿波の鳴門』、正三『宿無団七』、治助『都鳥東小町』『伊達模様雲稲妻』『男山弓勢競』	
一七六九	明和六	銅脈『太平楽府』、臼岡先生『郭中奇譚』、源内『根無草後編』、正三『石川五右衛門一代噺』、半二ら『振袖天神記』『近江源氏先陣館』、治助『常花栄鉢木』、三笑『雪梅顔見勢』	
一七七〇	明和七	田舎老人多田爺『遊子方言』、夢中散人『辰巳之園』、唐衣橘州ら『明和狂歌合』、半二ら『太平頭鍪飾』、治助『敵討忠孝鏡』、三笑『粧相馬紋日』、福内鬼外（源内）『神霊矢口渡』『源氏大草紙』、正三『桑名屋徳蔵入船物語』、	
一七七一	明和八	綾足『折々草』、銅脈『勢多唐把詩』、亀友『風流酒吸石亀』、庭鐘『四鳴蝉』、半二ら『妹背山婦女庭訓』、万里亭夫古工『役者名物袖日記』、源内『弓勢智勇湊』	
一七七二	安永一	卯雲『鹿の子餅』、高井几董編『其雪影』、亀友『赤烏帽子都気質』『世間姑気質』、竹本三郎兵衛ら『艶容女舞衣』、正三『三千世界商往来』、『明烏夢泡雪』	田沼意次・老中になる

西暦	年号	文学記事	一般事項
一七七三	安永二	几董『あけ烏』、与謝蕪村『此ほとり』、綾足『本朝水滸伝』、木内石亭『雲根志』、亀友『風流行脚噺』『世間旦那気質』、備四軒『浪花今八卦』、夢中散人『南閨雑話』、正三『日本第一和布刈神事』、半二『いろは蔵三組盃』、菅恵助『摂州合邦辻』、治助『御摂勧進帳』『けいせい片岡山』、三笑『江戸春名所曽我』	
一七七四	安永三	子周『俳諧七部集』、夢蝶『芭蕉翁発句集』、亀友『笑談医者気質』、蕪村『昔を今』『たまも集』、杉田玄白ら『解体新書』、源内『放屁論』『里のをだ巻評』、正三『三千世界商往来』、源内『前太平記古跡鑑』	
一七七五	安永四	去来『去来抄』、恋川春町『金々先生栄華夢』、南畝『甲駅新話』、南鐐堂一片『寸南破良意』、奈河亀輔『競伊勢物語』『万恵天目山』、三笑『花相撲源氏張胆』	
一七七六	安永五	几董編『続明烏』、秋成『雨月物語』、亀友『世間仲人気質』、秋里籬東『誹諧早作法』、春町『高慢斎行脚日記』、夢中散人『世説新語茶』、蓼太『蓮華会集』、亀輔『北条五代記会説』『伊賀越乗掛合羽』、三世八文字屋自笑編『役者論語』、三笑『花相撲源氏張胆』、増山金八『信田楪蓬莱曽我』『其兄弟富士姿視』、	

		源内『忠臣伊呂波実記』	
一七七七	安永六	蕪村『夜半楽』、『新花摘』、亀輔『伽羅先代萩』『けいせい素袍撞』、並木五瓶『天満宮菜種御供』『日本花赤城塩竈』、治助『将門冠初雪』	
一七七八	安永七	銅脈『太平遺響』、田螺金魚『契情買虎之巻』『傾城買指南所』、北左農山人『南江駅話』、立川焉馬『三歳繰数珠暫』、五瓶『金門五山桐』、半二『心中紙屋治兵衛』『道中亀山噺』『往古曾根崎村噂』、治助『国色和曽我』『伊勢競阿国劇場』	
一七七九	安永八	『群書類従』編纂始、山手馬鹿人『深川新話』、蓬莱山人帰橋『美地の蛎殻』、朱楽菅江『大抵御覧』、秩都紀南子『駅舎三友』、治助『吾嬬森栄楠』、金八『蝶千鳥若栄曽我』、源内『荒御霊新田神徳』	
一七八〇	安永九	蕪村『もゝすもゝ』、籬島『都名所図会』、庭鐘『康熙字典』、源内『風来六部集』、南畝『変通軽井茶話』、田螺金魚『多荷論』、穴好『芳深交話』、紀上太郎ら『碁太平記白石噺』、焉馬『客者評判記』、亀輔『加々見山廓写本』、半二『新版歌祭文』、金八『初紋日艶郷曽我』、源内『風来六部集』	大坂に銀座、三都に真鍮座が開設

西暦	年号	文学記事	一般事項
一七八一	天明一	庭鐘『呉服文服時代三国志』、南畝『四方の赤』『菊寿草』、喜三二『見徳一炊夢』、帰橋『通仁枕言葉』、森羅万象（万象亭）『真女意題』、芝全交『通一声女暫』『大違宝船』、蓼太『七柏集』、亀輔『敵討天下茶屋聚』	
一七八二	天明二	蕪村『花鳥篇』、籬東『忠孝人竜伝』、南畝『岡目八目』、山東京伝『御存商売物』、帰橋『富賀川拝見』、本膳亭坪平『世界の幕なし』、五瓶『けいせい黄金鱐』、治助『伊達染仕形講釈』	天明の大飢饉
一七八三	天明三	南畝（四方赤良）編『万載狂歌集』、唐衣橘洲『狂歌若葉集』、大槻玄沢『蘭学楷梯』、帰橋『愚人贅漢居続借金』、南畝『めでた百首夷歌』、半二『伊賀越道中双六』	
一七八四	天明四	几董『蕪村句集』、万象亭『従夫以来記』『万象亭戯作濫觴』、南畝『檀那山人芸舎集』、島田金谷『狂訓彙軌本紀』、五瓶『けいせい倭荘子』『思花街容性』、治助『大商蛭子島』	
一七八五	天明五	宣長『詞の玉緒』、並木翁輔『並木正三一代噺』、京伝『江戸生艶気樺焼』『令子洞房』、朱楽菅江選『狂言鶯蛙集』『故混馬鹿集』、唐来参和『和唐珍解』、	

		全交『大悲千禄本』、梅人編『杉風句集』、並木翁輔『並木正三一代噺』、五瓶『けいせい忍術池』、治助『大商蛭子島』	
一七八六	天明六	庭鐘『莠句冊』、闌更『蕉翁消息集』、京伝『客衆肝照子』、万象亭『福神粋語録』、中井骨董堂『本丁文酔』、菅江編『絵本江戸爵』、宿屋飯盛『吾妻曲狂歌文庫』	田沼意次・退任
一七八七	天明七	赤良『狂歌才蔵集』、秋成『書初機嫌海』、籬東『拾遺都名所図会』、也有『鶉衣』前編、近松半二『独判断』、京伝『通言総籬』『古契三娼』、万象『紅毛雑話』（万象亭）『田舎芝居』、南畝『松楼私語』、全交『茶歌舞伎茶日傘』	
一七八八	天明八	京伝『吉原楊枝』、喜三二『文武二道万石通』、内新好『一目土堤』、南畝『俗耳鼓吹』、『其角七部集』、治助『傾城吾嬬鑑』	
一七八九	寛政一	春町『鸚鵡返文武二道』、京伝『孔子縞于時藍染』『闔中狂言郭の大帳』、万象『万国新話』、振鷺亭『自惚鏡』、山手山人左英『駅路風俗廻し枕』、南畝『改元紀行』、菅江『潮干のつと』『狂歌いそのしらべ』『狂歌五十三次』、治助『傾城吾嬬鑑』、五瓶『韓人漢文手管始』、徂徠『弁明』	寛政改革始、時事を扱う黄表紙発禁

西暦	年号	文学記事	一般事項
一七九〇	寛政二	宣長『古事記伝』刊行始、伴蒿蹊『近世畸人伝』、籬島『京の水』、石川雅望『通俗醒世恒言』、京伝『心学早染草』『繁千話』『傾城買四十八手』『戯作四書京伝予誌』、かはきち『富岡八幡鐘』、全交『玉子角文字』	
一七九一	寛政三	秋成『癇癖談』成、京伝『青楼畫の世界錦の裏』『娼妓絹籭』『仕懸文庫』、青海舎主人『南品傀儡』、小林一茶『帰郷日記』、菅江『狂歌めし合』	
一七九二	寛政四	秋成『安々言』、金八『大船盛鰕顔見勢』『けいせい金秤目』	
一七九三	寛政五	碩布『しら雄句集』、籬島『都花月名所』、金八『大船盛鰕顔見勢』『けいせい金秤目』、五瓶『平井権八吉原衢』、治助『貢曽我富士着錦』	
一七九四	寛政六	秋成『清風瑣言』、佐藤魚丸『川童一代噺』、万象亭『竹斎老宝山吹色』、五瓶『島廻戯聞書』『五大力恋緘』、治助『貢曽我富士着錦』、振露亭『いろは酔故伝』	写楽の役者絵が流行
一七九五	寛政七	宣長『玉勝間』刊行始、籬島『住吉名所図会』、並木五瓶『江戸砂子慶曽我』、楚満人『敵討義女英』	

一七九六	寛政八	加藤千蔭『万葉集略解』成、魚丸『狂歌かたをみな』『絵本不尽泉』、曲亭馬琴『高尾船字文』、五瓶『隅田春妓女容性』、近松徳三『伊勢音頭恋寝刃』	
一七九七	寛政九	籬島『東海道名勝図会』『伊勢参宮名所図会』『近江名所図会』、五瓶『青楼詞合鏡』	
一七九八	寛政一〇	宣長『古事記伝』完成、万象（万象亭）『類聚紅毛語訳』『月下清談』、式亭三馬『石場妓談辰巳婦言』、梅暮里谷峨『傾城買二筋道』、浅草市人『男踏歌』、五瓶『富岡恋山開』、玄沢『解体新書』	
一七九九	寛政一一	宣長『源氏物語玉の小櫛』、籬島『都林泉名勝図会』、秋成校『落久保物語』、京伝『忠臣水滸伝』前編、近松柳ら『絵本太功記』	幕府が蝦夷地直営開始
一八〇〇	寛政一二	真淵『にひまなひ』、籬島『源平盛衰記図会』『絵本朝鮮軍記』、五瓶『幡随長兵衛』	
一八〇一	享和一	大江丸『俳諧袋』、京伝『忠臣水滸伝』後編、一茶『父の終焉日記』	百姓・町人の名字・帯刀禁止
一八〇二	享和二	魚丸『なにはなまり』、千蔭『うけらが花』、十返舎一九『東海道中膝栗毛』初編成、馬琴『羇旅漫録』	
一八〇三	享和三	籬東『前大平記図会』、京伝『安積沼』、五瓶『江戸紫由縁十徳』	

西暦	年号	文学記事	一般事項
一八〇四	文化一	京伝『近世奇跡考』、馬琴『復讐月氷奇縁』、市人『俳優相貌鏡』、鶴屋南北『四天王楓江戸粧』	
一八〇五	文化二	秋成『藤簍冊子』『大和物語』、籬島『木曽路名所図会』『唐土名所談』、京伝『桜姫全伝曙草紙』、馬琴『復讐奇談稚枝鳩』『繍像復讐石言遺響』『四天王剿盗異録』	
一八〇六	文化三	真淵『賀茂翁家集』、京伝『昔話稲妻表紙』、式亭三馬『船頭深話』『雷太郎強悪物語』、五瓶『略三五大切』	江戸芝の大火
一八〇七	文化四	馬琴『墨田川梅柳新書』『新累解脱物語』『椿説弓張月』前編、京伝『安積沼後日仇討』	
一八〇八	文化五	秋成『文反古』『肝大小心録』成、蒿蹊『閑田詠草』、南畝『四方のあか』、馬琴『三七全伝南柯夢』、南北『時桔梗出世請状』『彩入御伽艸』	間宮林蔵が樺太を探検
一八〇九	文化六	秋成『胆大小心録』『春雨物語』成、三馬『浮世風呂』初編、雅望（宿屋飯盛）『都のてぶり』、柳亭種彦『浅間嶽面影草紙』、市人『古今狂歌集』、南北『阿国御前化粧鏡』	

一八一〇	文化七	馬田柳浪『朧月夜恋香繍史』、春海『琴後集』、南北『心謎解色糸』『勝相撲浮名花触』『絵本合法衢』『当穐八幡祭』、三馬『阿古義物語前編』	
一八一一	文化八	景樹『新学異見』、小沢蘆安『六帖詠草』、柳浪『朝顔日記』、馬琴『燕石雑志』、焉馬編『歌舞伎年代記』、種彦『鱸庖丁青砥切味』、南北『謎帯一寸徳兵衛』	
一八一二	文化九	千蔭『万葉集略解』、三馬『浮世床』、馬琴『占夢南柯後記』『青砥藤綱模稜案』、種彦『逢州執著譚』、市人『狂歌六々藻』、南北『色一座梅椿』	
一八一三	文化一〇	京伝『双蝶記』、種彦『綟手摺昔木偶』、南北『お染久松色読販』	
一八一四	文化一一	籬島『近江名所図会』、淡斎主人訳『通俗古今奇観』、馬琴『南総里見八犬伝』刊行始、焉馬『古今化物評判』、京伝『骨董集』、『其角発句集』、南北『隅田川花御所染』	
一八一五	文化一二	清水浜臣『菅根集』、種彦『正本製』刊行始、馬琴『朝夷巡島記』刊行始、南北『杜若艶色紫』	
一八一六	文化一三	成美『成美歌集』	琉球飢饉
一八一七	文化一四	南畝『千紅万紫』『南畝莠言』、南北『桜姫東文章』	

西暦	年号	文学記事	一般事項
一八一八	文政一	松平定信『花月草紙』、南畝『蜀山自筆百首狂歌』、老樗軒一茶『七番日記』成、馬琴『玄同放言』、『江戸名家墓所一覧』、南北『四天王産湯玉川』	
一八一九	文政二	塙保己一『群書類従』正編全冊刊、南畝『四方の留糟』、為永春水・滝亭鯉丈『明烏後正夢』	
一八二〇	文政三	滝亭鯉丈『花暦八笑人』初編	
一八二一	文政四	暁鐘成『無飽三財図会』、静山『甲子夜話』、春水『明烏後正夢』	
一八二二	文政五	鐘成『神仏霊記図会』、南北『霊験亀山鉾』	
一八二三	文政六	柳浪『滑稽臍磨毛』、鯉丈『滑稽和合人』、南北『浮世柄比翼稲妻』『法懸松成田利剣』『色彩間苅豆』	オランダの医師シーボルト長崎に着任
一八二四	文政七	鐘成『淀川両岸勝景図会』、南畝『仮名世説』	
一八二五	文政八	南北『東海道四谷怪談』『盟三五大切』	外国船打払い令
一八二六	文政九	雅望『雅言集覧』、種彦『還魂紙料』、春水『阿古義物語後編』	
一八二七	文政一〇	馬琴『朝夷巡島記六編』	
一八二八	文政一一	春水『婦女今川』	シーボルト事件

一八二九	文政一二	馬琴『近世説美少年録』初集、種彦『偐紫田舎源氏』、南北『金幣猿嶋郡』、頼山陽『日本外史』	
一八三〇	天保一	香川景樹『桂園一枝』、西沢一鳳軒『けいせい雪月花』『花魁荅八総』	
一八三一	天保二	曲山人『仮名文章娘節用』	
一八三二	天保三	馬琴『開巻驚奇侠客伝』、春水『春色梅児誉美』、静軒『江戸繁盛期』	天保大飢饉
一八三三	天保四	春水『春色辰巳園』	水野忠邦が老中に
一八三四	天保五	曲山人『仮名文章娘節用』、種彦『邯鄲諸国物語』、馬琴『近世物之本江戸作者部類』、斎藤月岑『江戸名所図会』	
一八三五	天保六	鐘成『天保山名所図会』、『当世名家評判記』、平亭銀鶏『街能噂』	
一八三六	天保七	春水『春色恵の花』	
一八三七	天保八	春水『春告鳥』	大塩平八郎の乱
一八三八	天保九	山陽『日本政記』、一鳳軒『女猿曳門出諷』	
一八三九	天保一〇	柳下亭種員ら『児雷也豪傑譚』初編、松亭金水『閑情末摘花』、一鳳軒『けいせい浜真砂』	

西暦	年号	文学記事	一般事項
一八四〇	天保一一	三世五瓶『勧進帳』	
一八四一	天保一二	種彦『用捨箱』	天保改革
一八四二	天保一三	鐘成『和談三細図会』、馬琴『南総里見八犬伝』完結	
一八四三	天保一四	一鳳軒『伝奇作書』初編、三升屋二三治『作者店おろし』	
一八四四	弘化一	銅脈『風俗三石士』刊	オランダが開国勧告
一八四五	弘化二	応賀『釈迦八相倭文庫初編』	
一八四六	弘化三	至清堂『狂歌作者評判記』、京山『蜘蛛の糸巻』	米船浦賀来航
一八四七	弘化四		
一八四八	嘉永一	馬琴『著作堂一夕話』、山村昌水『西洋雑記』	
一八四九	嘉永二	一筆庵『花暦八笑人』、種員『白縫譚』初編、仮名垣魯文『名聞面赤本』	
一八五〇	嘉永三	河竹黙阿弥『難有御江戸景清』	
一八五一	嘉永四	一鳳軒『伝奇作書』成、三世瀬川如皐『東山桜荘子』、	
一八五二	嘉永五	一茶『おらが春』刊、黙阿弥『児雷也豪傑譚話』	

一八五三	嘉永六	喜多川守貞『守貞謾稿』脱稿、如皐『与話情浮名横櫛』	アメリカ使節ペリー浦賀来航
一八五四	安政一	『橘守部家集』、黙阿弥『都鳥廓白浪』	米英露と和親条約締結
一八五五	安政二	八田知紀『志能布久佐』、鐘成『浪華の賑ひ』	安政の大地震
一八五六	安政三	黙阿弥『蔦紅葉宇都谷峠』	
一八五七	安政四	梅亭金鵞『七偏人』、黙阿弥『網模様灯籠菊桐』	
一八五八	安政五	松亭金水『積翠閑話』	安政の大獄
一八五九	安政六	柳北『柳橋新誌』初編、黙阿弥『小袖曽我薊色縫』	
一八六〇	万延一	魯文『滑稽富士詣』、黙阿弥『三人吉三廓初買』『八幡祭小望月賑』	桜田門外の変
一八六一	文久一	魯文『万国人物図会』『童絵解万国噺』	
一八六二	文久二	黙阿弥『勧善懲悪覗機関』『青砥稿花紅彩画』	
一八六三	文久三	魯文・山々亭有人『粋興奇人伝』	薩英戦争
一八六四	元治一	黙阿弥『曽我綉侠御所染』『処女翫浮名横櫛』	蛤御門の変
一八六五	慶応一	黙阿弥『怪談月笠森』	
一八六六	慶応二	黙阿弥『船打込橋間白浪』	薩長連合
一八六七	慶応三	黙阿弥『契情曽我廓亀鑑』『新累女千種花嫁』	大政奉還

参考文献

日本古典文学大辞典編集委員会編『日本古典文学大辞典』一～六（岩波書店　一九八三）
岡本勝・雲英末雄編『近世文学研究事典』（おうふう　二〇〇六）
諏訪春雄『図説資料近世文学史』（勉誠出版　一九八六）
松崎仁ほか編『新装版　年表資料近世文学史』（笠間書院　二〇一三）
揖斐高・鈴木健一『日本の古典―江戸文学編』（日本放送協会　二〇〇六）
中野三敏編『日本の近世　一二　文学と美術の成熟』（中央公論社　一九九三）
揖斐高『江戸の文人サロン　知識人と芸術家たち』（吉川弘文館　二〇〇九）
雲英末雄・佐藤勝明訳注『芭蕉全句集』（角川学芸出版　二〇一〇）
雲英末雄『新潮古典文学アルバム　一八　松尾芭蕉』（新潮社　一九九〇）
藤田真一・清澄典子『蕪村全句集』（おうふう　二〇〇〇）
小林ふみ子『太田南畝　江戸に狂歌の花咲かす』（岩波書店　二〇一四）
長島弘明『新潮古典文学アルバム　二〇　上田秋成』（新潮社　一九九一）
高田衛・稲田篤信校注『雨月物語』（筑摩書房　一九九七）
徳田武『新潮日本古典文学アルバム　二三　滝沢馬琴』（新潮社　一九九一）
高田衛・原道生編『馬琴草双紙集』（国書刊行会　一九九四）
鈴木重三・徳田武『馬琴中編読本集成』（吸古書院　一九九五）
佐藤至子『山東京伝　滑稽洒落第一の作者』（ミネルヴァ書房　二〇〇九）
佐藤深雪『山東京伝集』（国書刊行会　一九八七）

参考文献

小池正胤ほか『「むだ」と「うがち」の江戸絵本　黄表紙名作選』（笠間書院　二〇一一）
神保五弥・杉浦日向子『新潮日本古典文学アルバム　二四　江戸戯作』（新潮社　一九九一）
鳥越文蔵・内山美樹子・渡辺保編『岩波講座　歌舞伎・文楽』（岩波書店　一九九八）
芸能史研究会編『日本芸能史』四〜六（法政大学出版局　一九八五〜一九八八）
延広真治『江戸落語』（講談社　二〇一一）
『日本古典文学大系』四五〜六四（岩波書店　一九五八〜一九六二）
『新日本古典文学大系』六七〜一〇〇（岩波書店　一九九〇〜二〇〇〇）
『日本古典文学全集』三七〜四九（小学館　一九七一〜一九七五）
『新編　日本古典文学全集』六四〜八一（小学館　一九九五〜二〇〇〇）

吉田　弥生（よしだ　やよい）
フェリス女学院大学教授。
博士（日本語日本文学）。専門は近世文学、演劇学。
主要著書に『江戸歌舞伎の残照』（文芸社　2004）『黙阿弥研究の現在』（雄山閣　2006）『概説　日本の伝統芸能』（開成出版　2008）『芝居にみる江戸のくらし』（新典社　2009）『歌舞伎と宝塚歌劇—相反する、密なる百年—』（開成出版　2014）など。

近世日本文学史　概説と年表

2016年4月5日　第1刷発行 ©
2023年4月6日　第2刷発行

著者　吉田弥生

発行者　早川偉久
発行所　開成出版
〒130-0021 東京都墨田区緑4-22-11　北村ビル5B
Tel. 03-6240-2806　Fax. 03-6240-2807

カバー写真：三世歌川豊国「今様見立士農工商　商人」（国立国会図書館所蔵）
印刷・製本：三美印刷

ISBN978-4-87603-504-5 C3091